아는 사람의 연애

아는 사람의 연애

1판 1쇄 2023년 12월 8일
지은이 강도율
펴낸이 손정욱
마케팅 이충우
일러스트 위니
펴낸곳 도서출판 답
출판등록 2010년 12월 8일 제 312-2010-000055호
전화 02) 324-8220
팩스 02) 6944-9077

이 도서는 도서출판 답이 저작권자와의 계약에 따라 발행한 것이므로
도서의 내용을 이용하시려면 반드시 저자와 본사의 서면동의를 받아야 합니다.

이 도서의 국립중앙도서관 출판예정도서목록(CIP)은 서지정보 유통지원시스템
홈페이지(http://seoji.nl.go.kr)과 국가자료 종합목록 시스템(http://www.nl.go.kr/kolisnet)
에서 이용하실 수 있습니다.

ISBN 979-11-87229-71-1 (03810)
값 15,000원

"새해에는 제발 소원 좀 이뤄주세요. 매년 이뤄준 거도 별로 없잖아요."

아는 사람의
연애

강도율 지음
위니 그림

답

차례

1월 1일 오전 10시쯤 잠에서 깼지만, 눈을 뜨지 않고 전기
장판의 온기를 느끼며 뒤척이다 머리맡에 있는 스마트폰을
찾았다. 스마트폰의 감촉이 손에 느껴졌을 때야 비로소 눈
을 뜨고 시간을 확인했다. 해가 뜬 시간임을 확인했지만, 굳
이 몸을 일으키지 않았다. 카톡에는 새해 복 많이 받으라는
지인들의 메시지가 수북이 쌓여 있었다. 새해엔 좋은 일이
많이 생기라는 내용이었지만 심드렁하게 답장을 한 뒤 멍하
니 천장을 보다가 다시 스마트폰을 켜고 SNS를 봤다. 멋진
일출을 보고 온 친구들의 피드가 줄을 이었다. 자신만 빼고
이 세상 모든 사람이 일출을 보러 산으로 바다로 간 듯했다.

은솔에겐 언젠가부터 1월 1일이 그냥 수많은 휴일 중 하
나였다. 서른 살이 된 올해도 크게 다르지 않았다. 마지막으
로 새해의 일출을 본 날이 언제였는지 기억조차 나지 않았

다. 고개를 돌려 자취방을 둘러보니 엊저녁 감은 머리를 말린 후 정리하지 않은 빗과 수건, 그리고 드라이기가 그대로 뒹굴고 있었고, 자기 전에 마셨던 생수통과 읽다가 만 책이 널브러져 있었다. 서른 살이 됐다고 영화처럼 삶이 '짠' 하고 변하지는 않았다. 10대에서 20대로 넘어갈 때는 억압받던 환경이 풀리고 자유로워져 진짜 스무 살이 된 기분이 들었는데, 30대가 되니 도통 실감이 나지 않았다.

"이십 대도 적응하지 못했는데 서른 살이라니…."

한숨이 절로 나왔다. 어릴 때 서른 살이 되면 뭔가 하나는 이루어서 성공한 사람이 돼 있을 줄 알았는데 현실은 이십 대와 별다를 게 없었다. 주변을 살펴봐도 서른 살이 되어 뭔가 크게 이뤄낸 사람을 딱히 볼 수 없다는 것에 위안을 얻기도 했지만, 가끔 한 다리 건너 들려오는 소식은 은솔을 놀라게 하기도 했다. 중학교 동창 중 한 명은 IT업계에서 창업을 해 크게 성공했다는 기사를 봤고, 또 다른 친구의 친구는 주식과 코인 투자로 대박이 나서 성수동에 있는 한강 뷰의 유명한 아파트에서 호화로운 생활을 즐긴다는 소식을 들었으며, 별로 친하지 않은 한 친구는 재벌과 결혼해 팔자가 폈다는 소식도 들었다.

반면 은솔은 평범한 월급을 받으며, 평범한 회사에 다니고, 평범하게 친한 언니인 미현과 함께 해방촌에 있는 투룸에서 겨우 평범하게 살고 있었다. 지난달엔 평생 함께하고 싶었던 남자와도 헤어졌다. 자신을 남과 비교하며 스스로 한심해지는 생각을 하는 것을 보면 아직 정신적으로도 성숙하지 못했다. 어릴 때의 생각과 습관은 서른 살이 된 지금도 그대로였다.

'나는 10년 전 그대로인데 시간만 흘렀구나.'

분명 자신이 살아온 시간인데 언제 시간이 그렇게 지났는지 감이 오지 않았다. 한숨을 쉬면서도 굳이 남의 SNS를 구경하는데 메시지가 스마트폰 화면의 위쪽에서 내려왔다.

"장 사원님, 7월 1일은 우리 회사의 뜻깊은 날이니까 포스터를 강력한 이미지로 바꿔주셨으면 좋겠어요."

휴일임에도 받게 된 업무 관련 문자에 짜증이 살짝 났다가도 "뜻깊은 날"이란 단어에 꽂혔다. 은솔에게도 새해보다 더 뜻깊은 날이 있었다. 7월 1일, 지호와 사귀기 시작한 날이었다. 올해 7월 1일에는 아무것도 하지 않을 거로 생각하니 벌써 우울해졌다. 차라리 눈물이라도 나오면 좋을 텐데 하염없이 땅으로 꺼지는 듯한 기분만 들어서 자리를 박차고 일어섰다.

'이 나이쯤 되면 이별 후에 어떻게 해야 하는지 알지. 일단 혼자 있는 시간을 최소화해야 해. 출근하지 못할 만큼 힘들어도 웃으면서 해야 하고.'

은솔은 억지로 혼잣말하고는 어디로든 나가기로 마음먹었다. 지호와 관련된 생각에 잠식되기 전 얼른 집 밖으로 나가야 했다. 친구들은 새해맞이로 각자의 시간을 보낸다고 바빴다. 은솔은 SNS 취미 계정에 한동안 그림을 업데이트하지 않은 것이 생각났다. 그림을 그리기 위해 고체 팔레트, 워터 브러시와 수채화 북을 에코백에 넣어 '카페 야경'으로 갈 채비를 했다. 카페에서 함께 작업할 사람을 동네 오픈 채팅방에서 구하려다가 오늘은 혼자 작업하는 게 더 나을 거 같아 그냥 바로 집을 나섰다. 빌라 1층으로 내려와 현관문을 열자, 남산에서 불어오는 칼바람이 은솔의 마음을 후벼 팠다. 남산타워 쪽을 쳐다보며 '다시 전기장판이 깔린 이불 속으로 들어갈까?' 하고 잠시 머뭇거렸다.

'이왕 나왔으니 가자' 하고 패딩에 달린 모자를 덮어쓰고 발걸음을 재촉했다. 해방촌의 구불구불한 주택가의 골목길을 지나 언덕길을 올랐다. 언덕 중턱에 있는 카페가 보였다.

붉은색 벽돌로 1980년대에 지어진 2층짜리 가정집을 개조해 만든 '카페 야경'은 밖에서 바라만 봐도 내 집처럼 편안해 보였다. 입구에서부터 달콤하고 포근한 쿠키 향이 났다. 룸메이트이자 카페 사장인 미현 언니가 쿠키를 직접 제빵 해서 팔고 있다. 그중에서 아몬드를 안고 있는 곰돌이 쿠키가 인기가 가장 좋았다. 은솔은 곰돌이 쿠키를 먹을 생각을 하며 역시 밖으로 나오길 잘했다고 생각했다. 카페 입구의 낡은 파란색 철문을 열고 들어서면 작은 마당이 나왔다. 마당 한 편에는 쿠키를 들고 의자에 앉아 있는 커다란 곰 인형과 목련 나무가 먼저 은솔을 맞아주었다. 우울했던 기분이 조금 괜찮아진 듯했다. 은솔은 마당을 가로질러 카페의 나무 문을 열었다.

딸랑딸랑. 은솔은 미현에게 미소를 지어 보이며 카운터 앞으로 다가갔다. 최대한 밝게 미소를 지었지만, 미현에게는 은솔의 특유의 밝음이 느껴지지 않았다.

"장은솔 씨, 새해부터 웃는 게 웃는 게 아닌 거 같은데, 올해 서른 살이라고 뒤숭숭해?"

은솔은 입을 꾹 닫고 뜸을 들였다. 미현은 은솔의 분위기가 심상치 않다는 걸 느끼며 은솔이 먼저 이야기하기를 기다렸다.

"나 지호랑 헤어졌어. 한 달 전에."
"아…."

미현은 한동안 혼자 다니던 은솔을 보며 대충 예상은 하고 있었지만, 막상 은솔에게 직접 이별했다는 얘길 들으니 마음이 아팠다.

"내 입으로 헤어졌다고 말하면 헤어진 게 진짜가 될까 봐 아무한테도 말하지 못했는데… 진짜였어."

아무렇지 않게 말하는 듯했으나 은솔의 눈은 빨개졌다.

"시간이 약이라고 말해 주고 싶어도 그 시간이 영겁처럼 느껴질 거라 말해 주기도 뭣하네."
"뭐야. 이미 말했잖아."

은솔은 피식했다. 은솔은 캐모마일 차와 곰돌이 쿠키 하나를 주문했다. 미현은 은솔이 자신보다 세 살 적지만 나이보다 한참 어린 동생 같았다. 은솔은 작고 깡마른 몸인데도 어디서 나오는지 늘 밝고 통통 튀는 에너지를 품고 있었다. 10년째 단발 병에 걸려 긴 머리를 10년 동안 못 하는 것도 귀여웠다. 그래서 은솔을 친동생처럼 챙겨주고 싶었다. 미현의 마음을 아는지 은솔도 미현을 잘 따를 뿐만 아니라 은솔이가 친구들과 직장 동료들, 드로잉 동호회 회원들, 해방촌의 동네 오픈 채팅방 정기모임에 온 사람들 등 많은 사람을 데리고 와서 매출에 도움이 될 때도 있었다. 원래의 은솔이었다면 무슨 일이든 달려와 이야기하며 스트레스나 슬픔을 풀었을 것이었다.

하지만 이번에는 달랐다. 몇 주 전부터 어두운 기운을 툭툭 흘리더니 왜 뒤늦게, 그것도 한 달이나 지나서 이별 소식을 알려줬냐며 묻고 싶었지만 나름대로 사정이 있었을 거로 생각했다. 자세한 이야기는 은솔이 먼저 해주기를 기다리기로 했다. 미현이 말없이 은솔에게 캐모마일 차와 쿠키가 담긴 트레이를 건넸다.

은솔은 캐모마일 차와 쿠키를 받아 자리로 향했다. 진한 캐모마일 향을 맡자 지호와 처음 만났던 순간이 떠올랐다.

02

가을이라고 해도 믿을 정도로 저녁 바람이 시원한 어느 봄날, 은솔은 독립서점 한쪽의 테이블에 앉아 열어둔 창문 사이로 들어오는 살랑거리는 바람을 온몸으로 만끽하고 있었다.

한 달 전, 한 기업체 SNS에 업데이트할 일주일 치 디자인 시안이 계속해서 번복되어 스트레스를 받을 만큼 받은 상태였다. 한 주도 그냥 넘어가는 법이 없었는데 이번 주는 더욱 심했다. 최종안을 보냈더니 처음부터 시안을 다시 잡아 달라는 답장이 왔다. 퇴근길에 몇 번이나 속으로 비명을 지르다가 동네 독립서점에서 매주 수요일마다 진행하는 인문학 강의를 즉흥적으로 신청해 버렸다. 이 강의를 신청하지 않으면 당장 클라이언트 회사로 가서 불을 질러버릴 것만 같았기 때문이었다. 인문학 강의는 이번 주가 세 번째 시간이었지만, 살랑거리는 봄밤의 바람 덕분인지 이 강의에 100% 만족한다고 생각하는 터였다.

일찍 독립서점에 도착해 바람이 잘 드는 테이블에 앉았다. 눈을 감고 바람을 만끽하다가 캐모마일 향이 느껴져서 눈을 떴다. 어디에도 꽃은 없는데 이상했다. 좀 더 맡아보니 살짝 인공적인 느낌도 났다. 누군가의 향수 냄새이겠거니 생각하곤 다시 눈을 감고 강의를 기다렸다. 은솔은 냄새에 유독 예민해서 지독한 향수 냄새를 맡으면 멀미가 났지만, 그 향은 기분 좋은 냄새였다. 향기에 취해서인지 강의를 기다리는 긴 시간도 금방 지나갔다. '기다리는 시간이 이렇게 짧았었나? 이 향의 주인은 누구일까?' 은솔은 머릿속으로 여러 상상을 했다. '만일 여자라면 따라서 살 것이고, 남자라면 어쩌면 좋아해 볼까?' 하는 생각까지 들었다. 그 향을 맡게 된 후, 강의를 들으러 갈 때마다 서점에 그 향이 퍼져 있다는 걸 느꼈다. 시간이 쌓일수록 향의 주인이 더욱 궁금해졌다. 강의를 들으러 가기엔 피곤한 날도 있었지만, 은솔은 향의 주인을 찾기 위해 매주 참석했다.

'오늘은 그 사람이 아직 오지 않았군.'

은솔은 향이 나지 않는 독립서점으로 들어가며 자연스럽게 캐모마일 향을 찾으며 자리에 앉았다. 그런데 바로 문이 열렸고 기다리던 캐모마일 향이 작은 서점 전체에 퍼졌다. '누굴까?'라는 생각이 떠오르기도 전에 고개는 먼저 문 쪽으로 돌아가 있었다. 은솔의 시선이 머문 곳에는 말을 걸기 어려울 만큼 차가운 외모에 키는 그리 크지 않지만, 어깨가 넓고 마른 체형의 남자가 있었다. 그는 학번이 적힌 대학교 과 잠바와 검은 바지를 입고 있었다. 은솔은 누군지만 알면 바로 달려가 무슨 향수를 쓰는지 기필코 물어봐야겠다는 다짐을 몇 번이고 했지만, 그 다짐은 기억나지 않았다. 그저 저 남자가 매주 참석을 잘해주길 바랄 뿐이었다. 그의 향처럼 은솔의 간질간질한 바람이 이루어진 것일까? 그 이후에도 그는 수업에 빠지지 않고 왔다.

은솔은 조금 일찍 도착한 것 같아 편의점에서 음료를 사서 천천히 독립서점으로 향했다. 서점 문을 열자 그곳은 이미 캐모마일 향으로 가득 차 있었다. 서점 구석 테이블에 한 사람만 앉아 있었는데 바로 그 남자였다. 은솔은 떨리는 걸 느끼면서도 발은 무의식적으로 그를 향해 다가갔다. 그는 두꺼운 책을 보면서 문제를 풀고 있었다. 영어와 숫자가 섞인 문제처럼 보였는데 그걸 척척 푸는 모습에 또 설렜다.

"안녕하세요?"

그는 은솔을 쓱 쳐다봤다. 형광등이 비쳐 반짝이는 검은 눈동자와 냉랭한 눈빛이 꼭 겨울에 눈이 내리는 것 같았다.

"공부하시나 봐요?"
"아… 네, 내일 전공 시험이라….

그는 대답하고는 얼굴을 붉히며 펜 뚜껑을 열었다 닫기를 반복했다.

"바쁘실 텐데 인문학 강의 들으러 왔네요."
"아… 머리를 환기해야 공부에 더 집중할 수 있어서요."

힘내라고 하자 그가 고개를 숙이며 희미하게 알았다고 대답했다. 그가 보고 있던 책의 책등에는 "이지호"라는 이름과 학번이 적혀 있었다. 책에는 가지런히 포스트잇이 붙어 있었고 노트는 삐뚤삐뚤한 글씨지만 내용을 한눈에 알아볼 수 있게 잘 정리되어 있었다. 그의 근처에 앉아 아직 솜털이 남아있는 옆모습을 보며, 이름이 얼굴과 참 잘 어울린다고 생각했다. 앞머리는 이마를 덮는 길이에 정돈되지 않아도 어느 정도 가지런한 눈썹이 언뜻 보였다. 속눈썹은 쌍꺼풀이 없는데도 커다란 눈을 다 가릴 만큼 길었다. 긴 속눈썹과 높은 콧대의 조화가 감탄스러웠다. 지호를 보며 그와 한담을 이어가고 싶었다. 그의 나이는 23세, 은솔보다 네 살이나 어렸다. 나이까지 귀여웠다. 마침 편의점에서 1+1로 사온 음료가 생각났다. 은솔은 가방에서 음료를 주섬주섬 꺼내 하나를 그에게 건넸다.

"공부도 하고 인문학 강의도 들으면 바빠서 여자 친구는 없겠어요."
"네…. 제대하고 첫 학기이기도 하고요."

은솔은 자신이 관심 있어 하는 티가 나는 아무 말이나 내뱉고 있다는 걸 자각하고 입을 닫았다. 그래도 여자 친구가 없다고 하니 은솔은 들떠서 어떤 질문을 할지 생각하다가 언제 입을 다물었냐는 듯 또 물었다.

"혹시 무슨 전공이에요?"

"컴퓨터공학이요."

"멋지네요."

은솔은 멋지다는 말이 왜 튀어나왔는지 이해할 수 없었다. 아마 오늘 밤에 이불을 발로 차면서 후회할 만한 한마디였다. 민망해서 스마트폰을 보며 굉장히 바쁜 척을 했다. 방금 그와 한 이야기를 곱씹었다. 공대생이 인문학 수업을 들으러 오는 게 생소하긴 했지만 그게 더욱 매력 있어 보였다. 사실 은솔은 지금 펜을 잡은 그의 긴 손가락을 보는 것만으로도 설렜다. 은솔은 무언가에 집중하는 그가 더욱 멋있게 느껴졌다. 관심 있다고 말하고 싶었지만 부담스러워하며 강의에 갑자기 나오지 않을까 봐 은솔은 그냥 별말 없이 쭉 근처에만 앉았다.

"수업은 여기까지입니다. 그럼, 이제 조별로 앉아 토론하겠습니다. 화면에 나온대로 조별로 앉아 주시면 됩니다."

강사는 손에 쥔 프리젠터를 눌러 다음 페이지로 넘겼다. 화면이 바뀌는 순간 은솔은 제발 그와 같은 조가 되길 눈을 감고 간절히 기도했다. 기도를 끝내고 살며시 눈을 떴다.

[2조: 은솔] [3조: 지호]

하늘도 무심하지 단 한 번도 그와 같은 조를 해보지 못했다는 사실에 은솔은 시무룩하게 걸어가 2조 자리에 앉았다. 마침 그가 3조라서 바로 은솔의 뒷자리에 앉았다. 은솔은 속으로 환호성을 질렀다. 그 앞에 앉으니 그의 캐모마일 향이 더욱 진하게 느껴졌다. 가까이서 맡으니 그의 발그레한 볼과 너무 잘 어울리는 향이었다. 향이 예쁘고 순수하게 느껴졌다. 지호의 목소리도 들렸다. 은솔은 지호의 목소리에 집중했다. 지호는 조원들에게 차분한 목소리로 자신의 의견을 짧고 간결하게 전했다. 지호의 향과 목소리가 은솔의 마음을 두근거리게 했다. 그의 향에 기대려고 하는데 그 순간 은솔의 이름이 귓가에 들려 화들짝 놀랐다.

"네?"

은솔은 졸다가 들킨 수험생처럼 놀라서 토끼 눈을 뜨고 대답했다.

"은솔 씨의 생각은 어때요?"

"어떤…?"

"오늘 주제요."

은솔은 순간 오늘의 수업 주제가 무엇이었는지 기억이 나질 않았다. 주제가 어려워서 오늘은 듣는 쪽을 선택하겠다고 했다. 그저 그의 향에 취해 그 토론이 어떻게 흘러갔는지 그녀는 기억하지 못했다. 그저 향이 너무 좋았다.

03

결국 지호와 제대로 된 대화도 못 해보고 지호의 근처를 맴돌다가 4개월 과정의 수업이 끝났다. 따듯한 봄에 시작했는데 무더운 여름이 되었다. 첫날엔 약 20명이 함께 수업을 들었는데, 수료한 사람은 10명도 채 되지 않았다. 그 인원에 지호와 자신이 포함되어 있어서 은솔은 더욱 들떴다. 수료생 모두가 수료 기념 뒤풀이를 하러 근처 호프집으로 향했다. 지호는 제일 뒤에서 따라오고 있었다. 은솔은 앞서가는 사람들과 신나게 이야기하다가 지호가 제일 뒤에 있다는 걸 알고 지호와 같은 테이블에 앉을 수 있도록 슬슬 걸음을 늦췄다.

"지호 씨, 안녕하세요? 수료하신 걸 축하드려요."

"저도… 축하드려요."

지호는 은솔을 쳐다보지 않고 앞만 보고 대답했다. 그런데도 은솔은 지호의 눈을 뚫어져라 쳐다보며 이야기를 이어갔다.

"중간 뒤풀이 때는 왜 안 오셨어요?"

"제가… 낯을 많이 가려서요."

"지금은 좀 괜찮아졌나 봐요?"

"아뇨. 음… 그냥 마지막이라."

정적이 흘렀다. 은솔은 지금까지 지호랑 무슨 이야기를 했는지 되뇌었다. 지호와 대화할 때마다 아무 말이나 해서 지호한테 자신의 이름을 알렸는지 기억나지 않았다.

"혹시 제 이름 아세요?"

"당연하죠. 은솔…?"

"맞아요. 저 장은솔이에요. 어떻게 아셨어요?"

"다른 분들이 부르는 거… 들었어요."

"와! 감사합니다!"

순간 감사하다고 했는데 그 말이 왜 나왔는지는 몰라서 민망했다. 자신에게 전혀 관심이 없는 줄 알았는데 이름을 알고 있다니 사실 정말 감사하다고 생각한 터였다. 은솔은 볼이 발그레해져서 미소를 지었다. 다른 사람들이 자신의 미소를 봤다면 사랑에 빠진 걸 다 눈치챘을 것이다.

호프집 안으로 들어가자 10명이 길게 앉을 수 있는 자리와 순살 치킨이 이미 세팅되어 있었다. 수료생 중 한 명이 예약했다고 했다. 모두 예약자의 센스에 감탄하며 자리에 앉았다. 지호와 같은 테이블에 앉기 위해 필사적으로 눈치를 봤다. 서성이다가 지호가 앉자마자 그 테이블 맞은편에 앉았다. 막상 같은 테이블의 맞은편에 지호가 앉아 있으니 떨리기 시작했다. 떠는 티를 내지 않고 농담을 던졌다.

"이렇게 마지막 뒤풀이에서 우연히 같은 조가 되어 보는 건가요?"
"그러게요."
"4개월 동안 한 번도 같은 조가 되지 못한 것도 신기하네요. 한 번은 같은 조가 될 줄 알았거든요."
"하하!"

지호는 고개를 숙이고 웃어 보였다. 은솔은 맥주 한 모금에 취하는 건지 지호의 향에 취하는 건지 지호의 목소리에 취하는 건지 도무지 알 수 없었다. 막상 지호와 마주 보고 앉아 있으니 지호와 함께 있는 시간이 고역이었다. 하고 싶은 말을 참지 못하는 은솔에겐, 마음을 숨기는 일이 어색한 은솔에겐, 이 상황에서 지호의 존재는 생각보다 은솔을 곤란하게 했다. 은솔은 심호흡을 하고서는 이제부터 하고 싶은 말을 다 하기로 마음먹었다.

"지호 씨, 향수 뭐 쓰세요?"
"아… 그게 브랜드는 따로 없어요."

은솔은 어설픈 젓가락질로 안주로 나온 치킨을 들었다가 다시 놓았다. 눈을 크게 뜨고 지호를 쳐다봤다.

"친누나가 영국에 여행 갔다가 조향사인 영국 친구가 직접 조향한 향수를 선물로 받은 거래요."
"아, 정말요? 특별한 거네요! 어쩐지 너무 좋더라고요."
"누나 친구한테 전해 드릴게요."

수줍게 감사하다고 하는 지호를 보며 은솔은 치킨을 먹었다. 지호가 먼저 질문하기를 기다려 보았다. 하지만 지호의 입은 치킨을 먹는 데만 사용되었다. 생맥주가 담긴 잔을 들고 '짠' 하자고 지호에게 제안했다. 지호는 흔쾌히 잔을 들고 맥주를 같이 마셔 주었다.

"지호 씨가 먼저 오면 굳이 찾지 않아도 먼저 왔다는 걸 알 수 있었죠. 제가 먼저 오면 문이 열릴 때 굳이 뒤돌아보지 않아도 지호 씨가 왔다는 걸 알 수 있었고요. 그냥 강의 시간 내내 그 냄새 맡으면서 좋아요."
"감사하네요."

지호와 대화하고 있다는 사실에 은솔은 흥분해서 말을 마구 쏟아냈다. 그리고 살짝 말끝을 흐리며 뒷말도 덧붙였다.

"음, 그리고 향이 설레니까 매주 강의가 기다려지는 것 같기도 하고…."
"제가 향수를 많이 뿌리지 않아서 그 정도는 아닐 텐데요. 예민한 편이시네요."
"아, 네, 유전적으로 코가 예민해서…."

그렇게 몇 초의 정적이 흐르고 다른 이야기로 넘어갔다.

같은 테이블에 앉은 수강생들과도 이런저런 이야기를 하다가 지호가 네 살 어리다는 사실을 알게 되었다. 은솔은 조금 더 용기를 내었다.

"우리 이것도 인연인데 번호 교환할까요? 이런 강의 있으면 서로 정보도 교환하고요."

지호는 좋다며 은솔의 휴대폰에 자기 번호를 찍어주었다. 은솔은 이후에는 무슨 이야기를 했는지 기억하지 못할 거라고 장담했다. 있는 용기를 모두 다 짜낸 뒤 지호의 향과 목소리에 취해 눈을 반짝이고 웃었을 뿐이었으니까. 그럼에도 은솔은 맥주 한 잔에 취했다고 자신을 합리화하고 있었다. 좀 더 적극적인 대화를 원했지만, 지호의 대답은 계속 건조했다. 지호가 더는 선을 넘지 말라고 일부러 무미건조하게 대답하는 것일 수도 있다고 생각해 은솔은 더는 관심을 주지 않겠다고 다짐했다. 오늘이 마지막 날이고 앞으론 만날 수도 없으니까. 그저 향에 설렜을 뿐이니까.

──#

04

#은솔, 26세 5월 – 귀여운 수작

지호를 어떻게 하면 또 볼 수 있을까? 그 생각이 일하는 은솔의 머릿속을 계속 비집고 들어왔다. 쉴 때는 지호 생각이 진하게 났다. 화장실에서 손을 씻으며 거울을 보니 울상이었다. 강의도 끝나고 지호를 만날 길이 없는 은솔은 퇴근길에 몇 번이나 지호를 만나러 가고 싶은 마음이 들었다. 호프집에서 더는 관심을 주지 않겠다고 한 다짐은 온데간데없었다. 만날 만한 자연스러운 핑계가 없을까 고민했다. 지호를 잠시라도 만나고 싶어서 이렇게 노력하는 자신을 모를 것이라며 잠시 우울했지만, 지호가 보고 싶은 마음이 더 커져 우울함은 금세 사라졌다. 그때 마침 인천광역시 SNS

채널을 담당하는 최 사원과 그 일의 전임자인 김주희 대리
가 하는 이야기가 귀에 들어왔다.

"최 사원, 인천광역시 대학생 기자단 모집 끝났지?"
"네, 김 대리님. 근데 신청한 인원이 엄청나요."
"몇 명 신청했는데?"
"273명이요."

최 사원은 신음하며 두 손을 얼굴로 감쌌다. 여기서 스무
명을 언제 어떻게 골라내냐며 투덜거렸다. 김주희 대리는
작년엔 이 정도가 아니었는데 올해는 왜 이렇게 많이 지원
했냐며 의문을 가졌다.

"다들 이력서에 한 줄 쓰려고 이렇게 지원한 건가?"
"그런가 봐요. 자기소개서도 간단하게 쓰면 되는데 엄청
나게 길게 쓰고 심지어 진짜 잘 썼어요."

은솔은 번뜩 좋은 아이디어가 떠올랐다. 자기 일은 아니
지만 최 사원을 도와주는 척 대학생인 지호의 의견이 필요
하다고 하며 접근할 계획을 세웠다.

"안녕하세요, 지호 씨. 서점에서 인문학 강의를 같이 들은 장은솔입니다. 다름이 아니라 우리 회사에서 대학생 기자단 관련 일을 시작해야 하는데, 대학생의 의견이 좀 필요해서요. 혹시 시간이 나신다면 카페에서 대학생의 관점에서 의견을 잠시 나눠주셨으면 해서요. 커피는 제가 사 드릴게요."

은솔은 메시지를 지웠다 썼다를 반복하다가 결국 전송을 눌렀다. 보낸 메시지를 보니 딱딱해 보였다. 은솔은 긍정적인 답변이 오길 간절히 기도했다.

"네, 안녕하세요. 물론 시간을 낼 수 있습니다."

은솔은 지호의 답장을 받자 스마트폰을 책상에 살짝 던지고 작게 비명을 지르며 자리에서 방방 뛰었다. 지호에게 온 메시지가 맞는지 몇 번이고 확인했다. 확인할 때마다 미세한 탄성이 흘러나왔다. 지호와 약속 시간을 잡으며 자신도 모르게 콧노래를 부르고 있었다. 은솔의 입꼬리는 일하는 동안에도 내려올 생각을 하지 않았다.

'카페 야경' 앞에서 지호를 보니 그가 새로워 보였다. 겨울처럼 차가운 겉모습이지만 캐모마일 향을 풍기며 다가왔다. 더워서 그런지 볼은 소년처럼 발그레했다. 쭈뼛쭈뼛 인사를 나눴다. 어색한 공기가 둘 사이를 맴돌았다. 은솔은 어색한 시간을 줄이고자 카페 야경에 관해 설명해 줬다. 한집에서 같이 사는 친한 언니가 하는 카페이고 시간 날 때마다 들린다고 했다.

"특히 여기 곰돌이 쿠키가 맛있어요. 여기 사장님이 직접 만들거든요."

"작은 마당도 예뻐요. 특히 이 나무가 눈에 들어오네요."

지호는 카페의 마당 한쪽에 자리하고 있는 연두색 잎이 가득한 나무를 가리켰다.

"저 나무, 목련이에요. 꽃이 필 때는 더 예뻐요."

"와! 목련꽃 필 때 보고 싶네요."

은솔은 무려 내년 봄엔 목련꽃을 핑계로 지호를 또 불러내야겠다고 생각하며 지호를 카페 안으로 안내했다. 지호는 어색해하며 메뉴를 잘 고르지 못했다. 은솔은 그런 지호가 귀여웠다. 먼저 주문했다.

"캐모마일 차 따뜻한 거랑 곰돌이 쿠키 주세요! 지호 씨는?"

"같은 걸로요."

둘은 캐모마일 차 두 잔과 쿠키 두 개를 받아 들고 자리를 잡았다. 카페에선 로맨틱코미디 영화의 OST가 흘러나왔다. 은솔은 미현에게 토요일 3시에 관심 있는 사람과 카페에 올 테니 설레는 노래를 틀어달라고 미리 요청해 뒀다.

"이렇게 시간을 내어 주셔서 감사합니다. 제가 동네로 가도 되는데, 우리 동네까지 와주시고요."

"아니에요. 일부러는 아니시겠지만… 매주 빈 강의실에 일찍 와서 혼자 공부하고 있을 때 제 옆에 앉아주시고 먼저 말 걸어주셨잖아요. 저는 낯을 잘 가려서 모르는 사람이 많은 곳을 힘들어하는데 은솔 님 덕분에 강의 듣는 게 편해졌거든요. 그래서 저도 도움이 되고 싶었어요."

"네? 정말요? 저는 저 귀찮아하시는 줄 알았어요."

"음… 제가 낯을 많이 가려서요."

은솔은 미소를 지으며 허둥지둥 노트북을 켰다. 지호는 커다란 백팩 안에서 노트와 필통을 꺼냈다. 까칠한 모습과 다르게 필통은 갈색 바탕에 귀여운 강아지가 그려있었다. 인문학 강의를 들을 때도 저 필통이었나 떠올려 봤지만 기억나지 않았다. 필통 안엔 필기구들이 가지런히 정리되어 있었다. 은솔은 피식 웃음이 새어 나왔다. 웃음을 참고 준비한 뻔한 질문을 하였다. 대학생으로서 대외 활동을 하는 이유와 대외 활동을 통해 얻고 싶은 것, 그리고 도움이 되었으면 하는 부분 등, 은솔은 자기가 질문하면서도 너무 진부한 질문인 것 같아 부끄러웠지만 지호는 진중하게 대답해 주었다. 그리고 어떤 이야기를 해도 순수하게 미소를 지었다. 시험 기간에도 인문학 강의에 나와 열심히 공부한 지호가 떠올랐다. 은솔은 지호에 대한 마음이 더 커진다는 걸 느끼고 있었다.

"질문은 끝났어요. 이렇게 시간을 내주셔서 감사한데, 제가 밥이라도 대접할게요."

지호는 흔쾌히 수락했다. 해방촌 신흥시장에서 유명하다는 곱창집으로 지호를 안내했다. 가볍게 맥주도 한 병 시켰다. 곱창은 거들 뿐 은솔은 지호의 일상 이야기를 들을 수 있어서 행복했다. 그는 자기 대학의 이야기를 조곤조곤 해주었다. 어떤 교수님이 학점을 어떻게 주냐는 둥, 조별 과제를 하는데 잠수를 탄 인원이 반이나 된다는 둥 자신이 대학생 때 했던 경험을 지호가 겪고 있는 거 같아 옛 생각도 났다. 낯을 가린다며 대답도 얼버무렸던 지호가 이제는 이야기를 술술 잘했다. 식사가 끝나갈 때쯤 은솔은 술기운을 빌려 용기를 더 내어보았다.

"어차피 지하철 타고 가셔야 하는데 맥주 한 캔씩 들고 길 따라 지하철역까지 걸을까요?"

지호는 식당에서 지하철역까지 30분 넘게 걸어야 한다는 걸 모르는 것인지 아니면 술기운 때문인지 좋다고 했다. 곱창집을 나와 편의점에서 캔맥주를 샀다. 한 손에 캔맥주를 들고 해방촌을 걸어 내려갔다. 해방촌에서 보이는 서울 야경이 지호의 검은 눈동자에서 반짝여서 마치 눈 안에 함박눈이 내리는 듯했다. 지호의 눈을 계속 들여다보고 있자니 지호와 첫눈을 같이 보고 싶어졌다. 반드시 겨울이 오기 전에 지호와 사귀리라고 다짐했다.

잠자리에 누우니 지호 생각이 진해졌다. 지호에게 고맙다는 메시지를 보내려고 휴대폰을 만지작거렸다. '10신데 늦은 시간은 아닐까? 어떻게 말해야 좋을까?' 천장을 보며 생각하다 다시 휴대폰 화면을 봤다. 지호에게 전화가 걸려있었다. 은솔은 놀라며 벌떡 앉아 휴대폰을 베개 위로 던져버렸다. 살며시 다시 휴대폰을 집으니 이미 지호가 전화를 받은 상태였다.

"여보세요? 여보세요?"

휴대폰에서 지호의 목소리가 계속 흘러나왔다. 은솔은 놀랐지만 최대한 자연스럽게 말을 이어 나갔다.

"아, 네, 지호 씨. 안녕하세요. 제가 늦은 시간에 연락한 건 아니죠?"

"네, 책 읽고 있었어요."

"감사해서 메시지 보내려다가 모르고 통화 버튼을 눌렀네요."

"괜찮아요. 그리고 제가 더 감사하죠."

"그런데 무슨 책 읽고 있었어요?"

"헤르만 헤세의 《싯다르타》 읽고 있었어요."

"어, 저 그 책 좋아하는데, 헤세의 책 중에 《싯다르타》가 제일 좋아요!"

"그래요? 저는 《수레바퀴 아래서》가 제일 좋던데. 좋은 이유가 뭐예요?"

분명 피곤해서 일찍 누웠는데 지호의 목소리를 들으니 몸이 한결 개운해진 것 같았다. 상쾌한 기분으로 이런저런 책 이야기를 했다. 통화를 꽤 한 거 같아 은솔은 몇 시인지 시간을 확인했다. 새벽 2시를 향해 가고 있었다.

"어머, 지호 씨, 벌써 새벽 2시예요!"
"어? 그러네요. 와, 시간 가는 줄 몰랐어요."

은솔은 아쉬웠지만 내일을 위해 어쩔 수 없이 통화를 끊었다. 다음 날 저녁엔 은솔이 씻고 나오자 지호에게 전화가 오고 있었다. 은솔은 작은 탄성을 질렀다. 기쁜 마음을 감추고 조심스럽게 전화를 받았다. 지호는 《싯다르타》를 다 읽었다며 한껏 들뜬 목소리였다.

"은솔 씨, 헤세의 책 중에 왜 《싯다르타》를 좋아하는지 알게 되었어요!"

《싯다르타》에서 좋은 구절들을 은솔에게 들려주었다. 그날 이후로 한 주 동안 지호와 통화를 자주 했고, 자연스럽게 잡은 다음 만남에서 지호에게 삐뚤삐뚤한 글씨로 쓰여 있는 손 편지를 받았다. '세상에 손편지라니!' 은솔은 지호의 순수함이 무척이나 귀여웠다.

 "은솔 누나, 안녕?

 어떻게 해야 내 마음이 잘 전해질까 고민하다가 편지를 쓰기로 했어. 누나한테 너무 조급하게 마음을 표현하는 게 아닐까 조금 걱정이 되지만 그래도 이야기해 봐. 누나랑 해방촌에서 맥주 한 캔씩을 들고 걸었던 거 기억나지?

 신흥시장은 온통 주황색이었고, 해방촌에서 내려다본 서울 야경이 그렇게까지 예쁜 줄 그날 알았어. 가장 좋았던 건 내가 막 제대한 공대생이라 그런지 여자랑 같이 맥주 마시며 그런 분위기 있는 곳을 걸어본 적이 없었거든. 그때 야경을 보며 반짝이던 누나 눈빛과 야경을 보며 좋아하는 밝은 모습이 귀여운 강아지 같기도 했어. 처음 겪어본 일이라 신선하기도 하고 잔잔한 해방촌 분위기와 밝은 누나가 너무 좋았어. 분위기에 취해서 누나를 좋아하게 된 걸까 고민도 많이 했어. 그 후에 누나랑 말 놓으며 통화하고 메시지 보내며 편해지면서 마음이 더욱 커진 거 같아. 혹여나 분위기에 취해 시작했다고 해도 지금은 누나를 좋아하게 된 것 같아. 누나도 나와 같은 마음이길 바라.

나랑 사귀어 보자."

──#

05

미현은 은솔이 그림은 그리지 않고 멍때리고 있는 테이블로 슬렁슬렁 걸어갔다.

"은솔아, 여기 마감할 때까지 여기서 작업할 거지?"
"그래야지. 갈 데도 없고, 집에 있으면 힘들고."

은솔은 지호 생각에서 빠져나오려고 쿠키를 얼른 집어 입에 넣었다. 달콤함이 입 안에 퍼져 기분이 살짝 좋아졌다.

"카페 마감하고 근처에서 술이나 한잔할까?"

미현의 제안에 은솔은 엄지손가락을 올려서 흔들어 보였

다. 미현은 힘들 때 집에만 있고 싶은 자신과 달리, 힘들면 일단 나가고 보는 은솔이가 새삼 신기했다. 죽었다 깨어나도 집 밖으로 나가기 싫었던 새해 아침이었는데 말이다. 미현은 새해에 대한 기대도 없었다. '올해는 인생이 풀릴 거라고 희망찬 이야기를 하는 사람들은 전부 진심으로 그렇게 말하는 걸까?' 한두 해 겪은 것도 아니고 다들 웃긴다고 생각했다. 미현은 기대도 없어서 실망도 없을 거라고 생각했다. 하지만 새해에 해랑에게서 새해 복 많이 받으라는 이 흔한 문자 하나 오지 않은 건 가슴이 아팠다.

'나도 모르게 기대했나 보다. 오빠는 나를 생각해 주는 게 그렇게 힘든가 보다. 내 생각은 전혀 나지 않았어? 있잖아. 나는 지금까지 오빠랑 말투가 비슷한 사람만 봐도 오빠 생각이 났단 말이야. 심지어 아무것도 아닌 우리 사이에 그리움과 서글픔을 느끼는 것도 사치라고 자책하면서. 오빠는 나와 같은 마음이 아닌가 봐.'

미현은 해랑에 대한 마음이 감당되지 않았다. 좋아하는 마음도 봄바람처럼 편안하게, 썸도 벚꽃이 살짝 흩날리듯 살랑살랑하게, 사랑의 시작도 향기로운 봄꽃처럼 자연스럽게 스며들면서 해야 하는데 왜 이러고 있는지 하루 종일 자책했다. 자책을 멈추기 위해 핑곗거리를 찾았다. '그래, 오빠가 아침에 뿌려준 섬유탈취제, 그것 때문이야.'

"어제 이 향이 좋다고 했지? 뿌리고 나가."

그날, 해랑은 급하게 나가는 미현을 갑자기 불러세웠다. 그 덕분에 하루 종일 자신에게서 나는 해랑의 향 때문에 일정 틈틈이, 아니 모든 순간에 해랑과의 기억이 떠올랐다. 술로 흐려진 기억 속에 해랑의 향과, 함께 있었을 때의 기분이 계속 떠올랐다. 세상 모든 걸 뒤로하고 둘만 존재하는 듯했던 그의 방, 거실의 작은 조명에서 나오는 은하수 같던 빛, 그의 향이 진동하던 이불, 의외였던 그의 플레이리스트, 미현의 취향을 맞춰 주던 다정한 그, 자연스레 이야기를 이어가는 섬세한 그. 또 장난치다가 서로의 손을 살짝 잡았을 때, 팔이 닿았을 때….

'내가 그의 향이 좋다고 가만히 그에게 기댔었나?' 미현은 한번 보고 말 사람이라 잡은 손도 얼른 떼고 닿은 팔도 얼른 접었다. 관계가 어떻게 될지 모르니 일단 여지를 남기지 않기 위해서였다. 자신을 예쁘게 바라봐 주는 그의 눈빛부터 미현의 사소한 취향도 알아가려 하는 그의 마음도 기억났다.

'아, 그래서 내가 향이 좋다고 한 말까지 기억해 줬구나. 소름 끼치도록 하늘이 청명했던 그날, 겨울에 핀 꽃 한 송이처럼 환하게 웃어 보여도 어딘가 불안해 보였던 그의 첫인상. 딱히 내 스타일도 아니고 오래 볼 사이도 아닌 거 같았던 그와의 첫 만남. 그런데 왜 이렇게 일상이 흔들릴 정도로 안달 나 있는 걸까.'

#미현, 작년 9월, 회상 − 섬유탈취제, 그게 뭐라고

창문 틈으로 내리쬐는 햇빛 때문에 잠에서 살짝 깼다. 자신이 언제 잠들었는지 기억도 하지 못했다. 허겁지겁 스마트폰을 집어 들었다. 잠자는 동안 새벽에 치러진 잉글랜드 프리미어리그 개막전의 경기 결과가 제일 궁금했다. 하지만 습관적으로 엄지손가락은 가장 먼저 카톡 앱으로 향했다. 소꿉친구인 준수가 보낸 메시지가 잔뜩 쌓여 있었다. 준수는 프리랜서 개발자로 바쁘게 일하고 있는데, 이러는 거 보니 프로젝트 하나가 끝났는가 싶었다. 새벽에 자신이 응원하는 팀의 개막전을 보면서 메시지를 계속 보내 놓은 것이다.

"이건 진짜 라이브로 본 사람이 이긴 경기임."

"내가 응원하는 팀이 이기는 것보다 친구가 응원하는 팀이 털리는 게 더 기쁜 거 알지? ㅋㅋ 한국인이면 제발 한국인이 있는 팀을 좀 응원해라."

이어서 기사 링크도 친절히 보내주었다.

"'손흥민, 개막전에서부터 '또' 맨시티 잡아"

경기 결과는 보지 않아도 뻔했다. 준수는 꼭 한 번씩 이렇게 아침 댓바람부터 울화통을 터트린다. 미현은 준수에게 "ㅎ" 하나만 답장으로 보낸 뒤 음악을 켜고 샤워했다. 그 사이 준수에게 답장이 왔다.

"다음 주 경기 같이 볼래? 아는 형이 집에 방음벽을 설치하고 1천만 원 넘게 들여서 사운드바를 맞췄대. 그 형의 집 티브이도 원래 대문짝만해서 거의 실제 경기를 보는 듯한 느낌일걸? 이번에 너희 팀 홈 경긴데 응원 소리도 쩌렁쩌렁 울릴 거 같은데?"

아무리 소꿉친구와 함께 아는 형 집에 간다고 여자 혼자 남자 집에 가는 건 아닌 것 같아서 은솔이를 불렀다. 은솔이도 참 은솔이었다. 축구라곤 월드컵 때도 챙겨 보지 않으면서 노는 곳이라고 하니 벌떡 일어나서 그냥 달려 나왔다. 준수가 친한 형이라며 해랑을 소개했다. 주말마다 같이 축구하는 형이라고 예전부터 많이 듣기는 했으나 실제로 본 건 처음이었다. 키가 170cm에 가까운 미현보다 족히 10cm는 더 커 보였다. 검은색 맨투맨 티셔츠와 대조되어 흰 얼굴이 더 밝게 보였다.

"정해랑 형은 리버풀 팬이고 여기 김미현은 맨시티 팬."

준수는 친절하게 소개해 주었다.

"리버풀요? 근본뿐이시네요."
"아, 맨시티? 근본을 쌓아가는 팀이네요. 30년 뒤에는 맨시티도 근본이 있을 거예요."
"둘 다 그만해. 은솔이는 못 알아듣잖아. 은솔이는 축구를 몰라. 심지어 몇 명이 하는 경긴지도 모르더라고."

준수가 해랑과 미현을 막아섰다. 그리고 은솔에게 축구는 서로 싸우면서 보는 게 맛이라고 해명했다. 준수가 은솔이도 해랑에게 소개해 주자 은솔이는 해맑게 브이를 그려 보였다. 경기는 저녁 11시에 있으니 밖에서 저녁 한 끼 하면서 천천히 기다리기로 했다. 좋아하는 술 이야기도 했다. 준수는 그냥 소맥파였다. 은솔이는 취할 수 있는 거라면 가리지 않는다고 했다.

"난 요즘 위스키가 좋더라. 온더록스로 마셔도 좋고 진저에일이나 토닉워터를 섞어서 하이볼로 해서 마시면 시원해서 좋고."

미현은 자신의 취향을 이야기했다.

계속 조용히 있던 해랑은 "그럼, 오늘 하이볼 해 먹자. 우리 집 아래 편의점에 하이볼로 먹기 좋은 산토리를 팔아"라고 미현의 말에 한마디를 덧붙였다. 그렇게 즐거운 스몰토크로 저녁 시간이 가볍게 끝났다. 해랑은 모두를 자기 집으로 이끌었다. 남자 혼자 산다고 하기엔 서울에서 꽤 큰 집이었다. 넓은 거실에 방은 두 개였다. 들어가는 입구부터 먼지 한 톨 용납되지 않는 분위기였다. 거실로 들어서니 모든 물건이 제자리에 있었고 그에게서 났던 기분 좋은 향이 집에 배어 있었다. 손님이 온다고 갑자기 치웠다기보다는 원래 그렇게 사는 듯했다. 은솔은 깨끗한 거실에서 함께 축구 응원을 하며 곧이어 2차를 할 생각에 한껏 들떠 있었다. 유행하는 노래를 비싼 사운드바로 틀어 놓고 알 수 없는 춤을 추었다.

"축구를 몇 명이 하는지도 모르는 사람이 제일 신났네."

해랑은 은솔을 슬쩍 보곤 웃으며 말했다. 깨끗한 집에 먼지 날리는 게 싫지는 않은 기색이었다. 다행이었다. 해랑은 도와주려고 하는 미현을 만류하고 이것저것 분주하게 준비했다. 어느새 준수도 박자를 무시하고 이상한 춤을 추는 은솔에게 합류했다. 미현은 소파 앞에 앉아서 그 둘을 웃으면서 보다가 테이블 세팅을 하고 안주를 내어오는 해랑의 손을 쳐다봤다. 흰 손가락은 길게 뻗어 있고 마디의 뼈는 굵게 튀어나와 있었다. 손등이 희어서 그런지 핏줄이 좀 더 도드라져 보였다. 비었던 테이블은 금세 산토리 위스키 한 병과 캐나다 드라이 진저에일 그리고 미리 준비한 감바스와 전자레인지에 갓 데운 손바닥만 한 크기의 바게트가 올려져 있었다.

"해랑 형, 은솔이한테 잘 보여야 해. 은솔이가 예쁜 여자를 많이 아는데 소개팅도 잘해 준다?"
"아, 그래? 좋은데?"

미소를 지으며 말로는 좋다고 하지만 진짜 좋은 줄은 모르겠는 심드렁한 어투였다. 그뿐만 아니었다. 준수가 얼마 전에 다녀온 해산물 음식점을 검색해서 모두에게 보여줬다. 은솔이는 맛있겠다며 호들갑을 떨었다.

"역시! 나는 고기보다 해산물파잖아. 해랑 오빠는 해산물 좋아해?"

해랑이 그저 미소만 띠고 있길래 미현이 해랑에게도 물었다.

"응. 나도 고기보다 해산물파야."

느긋한 말투에 감정 기복이 없어 보이는 대답이었다. 다른 대화를 할 때도 겉뿐만 아니라 속도 정말 감정 기복이 없어 보였다. 또한 천천히 먹는 음식, 편하게 앉아도 꼿꼿하게 세워진 척추와 펴진 어깨, 그리고 술을 아무리 마셔도 눈은 살짝 풀리지만 흐트러지지 않는 모습은 계속 눈길을 가게 했다. 그 외에도 그의 말투나 행동 그리고 리액션에서 풍족하게 자란 사람만이 풍길 수 있고 뭐든 아쉽지 않은 듯한 마음과 약간의 권태로움이 느껴졌다. 그의 여유로움은 온몸에서 배어 나와 손끝과 눈빛에서도 티가 났다. 축구 경기 하프타임 때 과자 안주를 사러 둘이 같이 나갔을 때였다. 해랑이 잠시 담배를 피우겠다고 하여 미현은 해랑과 멀찍이 떨어져 해랑을 보고 있었다. 해랑은 담배를 피우고는 꽁초를 어디에 버리지 않고 수납 케이스에 넣었다. 미현은 그런 해랑의 모습에 감탄했다. 그 후로도 즐거운 시간이 계속되었다. 은솔은 축구를 보다가 중간에 침대 방으로 들어가 잠을 자고, 준수는 경기가 끝난 후 잠시만 눈 붙인다며 소파 위에서 뻗어 잘 때였다. 잔잔한 노래를 틀어놓고 미현과 해랑은 소파에 기대어 다음 날 기억할지도 모르는 각자의 음악 취향에 관해 이야기했다. 기분이 내키면 그 음악을 틀어 뮤직비디오를 보기도 했다. 인디밴드 음악을 좋아하는 미현과 달리 해랑은 브릿팝을 좋아했다. 미현은 처음 들어보는 노래였다. 해랑의 추천곡 하나하나를 기억하지 못해도 좋았다. 그저 그 순간이 너무 설렜으니까. 노력하지 않아도 자연스럽게 대화가 되어 편안했다. 가장 좋았던 건 해랑에게서 나던 향이었다.

"오빠, 향수 어떤 거 써?"
"난 안 쓰는데?"

해랑은 꼭 비싸고 좋은 향수를 쓸 것만 같았는데 의외였다.

"그럼 지금 나는 이 향은 뭐야?"

미현은 해랑에게 바짝 붙었다.

"아, 향수 아니고 빨래하고 뿌리는 섬유탈취제야."

해랑은 대답하며 미현 쪽으로 몸을 살짝 기울였다. 좀 더 가까워진 해랑의 향에 미현은 더 설렜다. 섬유탈취제로 이런 분위기를 내다니 더 매력적이었다. 하지만 둘 사이가 어떻게 될지 모르니 설레는 마음을 진정하고 해랑과 떨어졌다. 미현은 해랑과 오래도록 이야기하고 싶어 잠들지 않으려고 했는데, 새벽 다섯 시가 되자 미현은 자신도 모르게 졸고 있었다. 해랑은 미현의 머리를 쓰다듬으며 살짝 깨웠다. 미현은 은솔이 옆에서 자겠다며 은솔이가 있는 방으로 향했다. 침대를 은솔이가 대각선으로 독차지하고 있어서 차마 침대로 올라가지 못하고 있자 해랑은 미현을 거실로 불러냈다. 자기 옆에 이불을 하나 더 깔아주고 옆에서 자라고 했다. 미현은 눕자마자 잠이 들었다. 아침에 살짝 눈을 떠보니 해랑이 미현의 손을 잡고 있었다. 미현은 설레서 해랑 쪽으로 몸을 기울여 해랑의 손을 꽉 잡았다. 해랑도 살짝 깬 건지 미현을 자기 품으로 끌어당겼다. 해랑한테서 나던 탈취제 향이 더욱 진하게 맡아졌다. 카페를 오픈해야 하는 것도 잊은 채 자기 몸에서 손을 떼지 않기를 바랐다. 미현은 그저 눈을 감은 채 그의 손길을 느꼈다. 잠결의 옆에서 나던 그의 향, 자기 손을 잡은 그의 손, 안아 주던 그의 팔, 그리고 모든 감각이 그에게 집중되었던 아침이었다. '내가 오빠의 손길을 잊지 못하게 된 것을 알까?' 그렇게 마음의 준비가 되지 않은 상태에서 해랑이 훅 들어와 버려서 일상이 무너질 정도로 감정 기복이 심해졌다.

——#

06

미현은 해랑만 생각하면 자신이 예쁜지 안 예쁜지 거울을 보게 된다. 속쌍꺼풀이지만 나름 큰 눈과 수술하지 않아도 예쁜 모양의 코와 좋은 몸매 비율에 스스로 만족해 왔다. 하지만 큰 키에 까무잡잡한 피부가 마음에 들지 않았다. 바꿀 수 없는 부분을 거울 속에서 찾아내자 속상해졌다. 그러다 은솔이가 밥도 먹지 않고 바로 카페에 왔을 거라는 생각에 걱정이 되어 베이글을 오븐에 데웠다. 베이글이 데워지는 동안 해랑과 함께 찍은 사진을 휴대폰에서 찾아 내려갔다. 해랑과 찍은 사진 세 장을 발견했다. 네 명이서 처음 만난 뒤 일주일 후에 둘이서만 봤을 때였다. 아마 그때는 자신에게 호감이 있을 거라고 확신한 때였다. 곧 자신의 남자 친구가 되는 게 당연하다고 생각했다. 사진 속에서도 빛나는 해랑을 봤다. 너무 소중해서 아무에게도 보여주지 않았다. 다른 사람은 보지 못하도록 평생 꼭꼭 숨길 것이다. 그저 해랑이 그리운 밤에 몰래 한 번씩 꺼내어 볼 것이다.

사진을 보고 있으니 자신의 이름을 불러주던 해랑의 음성과 선선하게 불었던 바람과 상쾌했던 습도가 그대로 떠올랐다.

#미현, 작년 10월, 회상 – 일시 정지

"오빠, 우리 같이 사진 찍자."

"사진? 왜?"

"난 뭐든 사진으로 남기는 거 좋아하거든."

용기를 끌어모았다. 미현도 해랑처럼 아무것도 아쉽지 않은 말투로 자연스럽게 이야기하고 싶었다. 자신이 자연스러웠는지, 미현의 머릿속으로 많은 생각이 스쳐 갔다. '나는 왜 사진 찍자고 말하는 것도 이렇게 힘들게 이야기해야 할까? 이 이상의 용기를 더 끌어모을 수 있을까?' 해랑은 사진 찍을 때도 여유로워 보였다. 그래도 혹시나 해랑이 싫어할까 봐 대충 세 장을 찍고 다시 이야기에 집중했다. 무수히 많은 이야기를 쌓아 올렸다. 시간 가는 줄 몰랐다. 어느

덧 축구 경기 시간이 다가오고 해랑의 집으로 향했다. 같이 걷는 이 거리도 미현을 들뜨게 했다. 연말을 함께 보낸다면 얼마나 더 들뜨고 행복할지 가늠이 되지 않았다. 빛나는 조명이 가득한 길거리의 모든 사람이 연말 분위기에 살짝 들떠 있을 것이다. 미현은 해랑과 그 길을 함께 걷고 싶었다. 자기 이야기를 한참 하는 해랑을 올려다봤다. 반짝이는 눈빛으로 미현을 마주 봐주었다. 어느새 해랑네 오피스텔 1층 편의점에 도착했다. 편의점에서 소주와 맥주를 꺼내려고 냉장고 문을 열려고 하자 해랑이 미현을 불렀다.

"너, 위스키 좋아한다며. 이번엔 칵테일 해 먹자."

그가 잭 다니엘과 콜라를 가져와 미현에게 들어 보였다.

"오? 잭콕!"

미현이 손뼉을 치니 해랑이 씽긋 웃어 보였다. 여전히 흐트러짐 없이 깨끗한 그의 집에 도착하자 해랑이 냉장실에서 대하를 꺼내 서둘러 쪘다. 곧 미현 옆으로 대하를 가져와 거실 티브이 앞에 나란히 앉았다. 해랑이 대하를 하나하나 다 까주었다. 은솔이가 다른 사람에게 하듯, 미현도 최대한 자연스럽게 해랑에게 은근히 기대며 팔짱을 꼈다. 이것도 하는 사람이나 해야지 정말 뚝딱거리며 자연스럽지 않은 자기 모습에 스스로 치가 떨렸다. 해랑은 고민도 하지 않고 그의 팔을 잡은 미현의 손을 쳐냈다. 미현은 자신의 팔이 강제로 떨어트려진 걸 느끼자 절망적인 기분이 들었다. '왜? 왜? 왜? 우리 이 밤 함께 보내는 거 아닌가? 오빠도 나와 같은 생각이 아닌가?' 미현은 분위기가 잠시 어색해진 것을 느꼈다.

"오빠, 또 플레이리스트 추천해 줘."

미현은 뭐라도 해야 할 거 같아서 음악을 골라 보려 했다.

"네가 듣고 싶은 거 듣자."

미현이 좋아하는 인디밴드의 뮤직비디오 영상을 같이 봤다.

"다음에 인디밴드 콘서트 하면 같이 가자."

해랑은 미현을 달달하게 바라보면서 미현 쪽으로 좀 더

붙었다. '아니 내 팔은 거절하면서 왜 이렇게 또 심장을 떨리게 할까?' 자신의 눈빛에서 마음이 다 드러날 것이다. 오늘 밤은 그걸 숨기기엔 아쉬웠다. 있는 그대로의 눈빛을 드러내며 해랑을 응시했다. '뭐든 좋다. 뭐든 할 거다.'

"미현아, 저번에 너 고기보다 해산물파랬잖아. 그러면 제철 회도 찾아 먹어?"

"너무 당연한 거 아니에요?"

"나도 그런 거 좋아해."

'왜 이렇게 또 설레게 하고 난리야.'

미현은 자신이 손잡아주기를 기다린다는 것을 해랑이 모를까 봐 애절하게 손을 꼼지락거려 봐도 별다른 반응이 없었다.

'이제 내 손을 잡아 줄 때가 되지 않았나? 이만하면 되지 않나? 저번 주엔 분명 손을 잡았다. 우린 손을 잡고 있었다. 오늘도 내 손을 잡아줘. 이번엔 내가 먼저 잡으면 그날처럼 가만히 잡고 있어 줄까?'

미현은 해랑의 눈빛을 살폈다.

'아, 안달 나 있는 내 마음을 들켜버렸구나. 나를 오빠의 손바닥 위에서 보는 눈빛이다. 어떤 상황에서도 여유롭더니 내 마음을 알곤 더 여유로워졌구나.'

그래도 미현은 해랑과 축구를 보며 전술과 선수에 대해 분석하는 순간이 좋았다. 또 축구 경기가 끝난 뒤 일상 이야기를 한참 했더니 해가 뜨는 시간이 되었다. 밤새 술 마시는 건 이십 대 초반에나 하는 거였는데 해랑과 함께하니 무슨 다른 호르몬이 나오는 건지 전혀 피곤하지 않았다. 해랑도 마찬가지였으면 했다. 하지만 갑작스럽게 이길 수 없는 졸음이 찾아왔다. 미현이 슬슬 눈을 못 뜨고 있는 걸 해랑이 알자 침대에서 자라고 했다. 해랑은 침대 밑에 이불을 깔았다. 침대로 올라오라고 하고 싶었지만 아까 팔짱을 거부했던 게 생각이 나서 차마 그러질 못했다. 미현은 잠시 졸음이 사라졌다.

'아니, 여자가 혼자서 자기 집에 왔으면 뭐라도 해야 하는 거 아닌가? 나는 모든 준비가 다 되어 있는데 오빠는 왜 아무것도 안 해?'

정말 그렇게 그냥 잠만 잤다. 몇 시간 잠들고 점심 때쯤 미현은 해랑의 침대에서 눈을 떴다. 여전히 해랑은 침대 아래에서 곤히 자고 있었다. 살짝 불편해하는 듯 보였다.

"오빠, 침대로 와. 난 잠 깼어. 거실 소파에 있을게."

해랑을 깨우며 말했다. 해랑은 침대로 올라가면서 미현의 손을 잡았다.

"가지 마. 같이 자자."

손이 잡힌 채로 낮게 깔린 목소리를 들었는데 어떻게 거절할 수가 있을까? 미현이 해랑 옆에 눕자 해랑은 미현을 확 끌어안았다.

'혹시 지금이 사귈 수 있는, 잘 수 있는 기회일까?'
"해장하자. 힘들어."

몇 분 정도 미현을 끌어안고 있다가 미현의 귀에 속삭였다.

"오빠, 해장은 냉면이지? 냉면 시킬까?"

지난주 아침에 다 같이 해장으로 냉면을 먹은 게 기억 났다. 해랑은 미현을 품에 안고 끄덕였다. 미현은 해장으로 시킨 음식이 천천히 오기를 빌었다. 해랑의 손길 속에서 더 오래 있고 싶었다. 정말 분하게도 냉면은 30분 만에 배달되었고 냉면을 먹은 뒤에도 아무 일 없이 끝이 났다. 그 뒤로 해랑이 카톡으로 답장을 보내는 시간은 현저하게 느려졌다. 답장이 뜸해진 만큼 우울함과 외로움이 더욱 미현을 덮쳤다.

──#

07

'오빠한테 사랑받고 싶어. 내가 어디서 뭘 하는지 궁금해했으면 좋겠어. 내가 뭘 하는지 뭘 먹는지 하나도 궁금하지 않은 거지?'

아무런 연락이 없다가 해랑에게 한 번씩 카톡이 오면 여러 감정이 한꺼번에 미현의 마음속으로 들이닥쳤다. 꽉꽉 찬 감정을 감당하지 못해 터질 거 같을 땐 마음이 아팠다.

"미현, 오늘 미세먼지 심각하네."
'오빠는 또 생각 없이 카톡을 했겠지. 하지만 난 또 여기서 오빠와 카톡이 끊긴다면 주저앉는다고. 나는 절대 짝사랑하는 사람과 친구는 못 해. 편하게 카톡조차 주고받을 수 없는데 어떻게 친구가 되겠어.'

짧은 카톡이 왔을 때는 딱히 더 할 말이 없고, 곧 더 하다간 자신이 또 씹힐 거 같아서 그냥 미현이 먼저 씹어버렸다. 하지만 미현은 몇 시간도 지나지 않아 후회했다.

'그냥 답장할걸. 난 왜 답장하지 않았을까? 답장하지 않아도 이렇게 힘든데 왜 그랬지? 오빠를 볼 수 있는 약속이 잡히지 않을까 하는 괜한 희망을 품고라도 답장해 볼걸.'
"미현아, 나 진짜 푹 잤어."

미현이 카톡에 한 차례 답하지 않았는데도 아무렇지 않게 다시 연락하는 해랑을 보니 마음은 더 아려왔다.

'난 카톡의 답이 오지 않는 기나긴 시간에 괴로웠는데 오빠는 편해서 좋겠다. 카톡도 함부로 할 수 있고 나는 카톡 하나도 못 보내서 몇 시에 답장할지 어떻게 답장할지도 감이 오지 않는데.'

하지만 미현은 어디선가 들뜸의 느낌도 함께 들었다. 오빠에겐 아무렇지도 않은 카톡 하나 고작 그거겠지만 스스로에겐 들뜸을 붙잡고 싶어진다. 미현은 또 언제 카톡이 올 줄 모르니, 그걸 바로 읽으면 카톡이 왔다는 기쁨이 사라져 버리니, 일단 해랑의 카톡을 읽지 않았다. 오빠에게 카톡이 왔다는 들뜸을 몇 분 더 간직하고 싶었다. 빨리 답해 버리면 또 언제 오빠에게 답장이 올지 모르니까. 미현은 답장하고 싶은 마음을 애써 억눌렀다.

"이 선수 알아? 많이 잘하네."
'오빠의 카톡이 뜰 때마다 만날 수 있는 희망을 품겠지. 품지 않으려고 해도 품게 되는, 희망이 좌절되면서 매번 상실과 아픔을 느끼겠지.'
"오빠, 이번 주 주말에 뭐 해?"

몇 주간 다음 약속에 대한 기약 없이 의미 없는 카톡뿐이라 미현은 혹시 다음을 기약할 수 있는지 물어보았다.

"친구들이랑 1박 2일 놀러 가."

미현이 용기 내서 먼저 보낸 카톡에 해랑은 무미건조하게 답했다.

'만약 내가 보고 싶다면 이번 주가 되지 않았으면 다음 주나 다른 때에 약속을 잡으려고 했겠지.'

하지만 그런 내용은 하나도 없었다. 미현은 그냥 이렇게 약속이 평생 잡히지 않을 거라는 두려움이 커졌다.

'나를 한 번 더 보고 싶지 않아? 오빠를 다시 보게 된다면 그날은 정말 예쁠 예정인데 한번 보자고 해주면 안 돼? 최선을 다해 예쁠 자신이 있단 말이야.'

미현이 먼저 하루의 안부를 물은 날엔 해랑은 며칠 동안 연락이 없었다. 해랑과는 끝이라는 절망감에 며칠을 눈물로 보냈는데 갑자기 카톡 메시지가 왔다.

"날이 추워졌어. 방어 철인데 조만간 방어 한번 같이 먹자."

미현은 또 미친 듯이 설렜다.

'스쳐 지나가는 내 말을 하나하나 다 기억해 주는구나. 나랑 만나줘. 나랑 함께해 줘. 내 말 어디까지 기억해 줄 거야? 나한테 다 맞춰 줄 거야? 그럼 나도 다 맞춰 주고 내 모든 걸 다 줄 수 있어.'

미현은 해랑의 카톡 하나에도 마음이 이렇게까지나 간절해졌다. 해랑과 만나기로 한 약속이 없었다면 이 길고 지루한 영업시간을 버텨내지 못했을 것이다. 미현은 기대했다.

'이번이 세 번째 만남이니 이제 드디어 우리 관계가 진척되지 않을까?'

미현은 해랑의 체취를 진하게 맡고 싶었다. 자연스럽게 해랑과 자고 싶었다. 미현은 사랑에 빠진 황홀함과 해랑과 잘될 것만 같은 들뜸 뒤에 불안과 우울이 있다는 걸 알고 있었다. 하지만 불안을 감수하고서라도 해랑과 계속 함께하고 싶었다. 심장은 요동치고 생각은 더 복잡해졌다.

'어떤 표정을 지어야 할까? 그래. 자연스러운 게 제일 좋겠지. 나는 눈빛까지 숨길 수 있는 어른이니까.'

미현은 해랑을 보면 눈물이 튀어나올 줄 알았는데 밝게

빛나는 해랑의 얼굴을 보자 자신도 환하게 웃게 되었다. 하루하루 긴 기다림 속에서 카톡 하나의 희망을 도저히 견딜 수 없어 힘겹게 행복 회로를 돌리고 그가 행동했던 설레는 순간만을 떠올리며, 도저히 미워할 수가 없어서 혼자 힘들어했던 것이 다 괜찮아졌다.

'오빠가 나한테 빛나는 만큼 오늘은 나도 오빠에게 빛나기를…. 날 계속 보고 싶을 정도로 내가 예쁘기를….'

미현은 간절히 빌며 해랑이 이끄는 대로 따라갔다. 분위기가 상당히 좋은 일식집이었다. 서로의 근황을 이야기했다. 그리고 해랑이 오늘 만남을 건넸듯 미현도 가벼운 제안처럼 그에게 던졌다.

"12월 셋째 주 토요일에 우리 그때 노래를 같이 들었던 인디밴드의 콘서트가 있데. 같이 갈래?"

그는 나를 빤히 보며 한 번 생각하는 듯하더니 두어 번 더 생각하는 듯했다.

"연말이라 친구들하고 일정을 먼저 잡아야 해. 인원이 많아서 일정 잡기가 어려워서 우선순위야."

"아, 그러면 그거 잡히고 이야기해 줘."

'이런! 티가 난 걸까?'

최대한 자연스럽게 이야기했는데 해랑이 부담을 느꼈을까 봐 심각하게 걱정이 되었다. 가벼운 제안이 아니라는 건 들킨 듯했지만, 그래도 미현은 애써 콘서트 가기 좋아했다는 걸 어필했다. 그 뒤로도 많은 이야기를 하며 소주병이 쌓여 갔다. 미현은 들떠서 해랑의 한 마디 한 마디에 리액션이 커졌다.

"우리 집에 넷플릭스 보러 갈래?"

잠깐의 침묵 중에 해랑이 미현을 쳐다보지 않고 넌지시 물었다.

'어? 이건 썸을 끝내는 종착지 대사가 아닌가?'

이번 주에는 각자 응원하는 팀의 축구 경기가 없어서 해랑의 집에 갈 거리가 없을 줄 알았는데 갑자기 자기 집으로 가자고 제안한 것이다.

'오빠도 술기운에 들떠서 나에게 제안한 걸까? 긴 밤을 혼자 보내기 싫어서 나를 초대하는 걸까? 아니면 내가 좋아서 더 같이 있고 싶어 하는 걸까? 우리 사이의 관계가 좀 더 발전할 수 있는 제안일까?'

해랑은 당최 알 수 없는 표정을 지었다.

'그래도 뭐 어쩌겠니. 오빠를 좋아하는 내가 지고 들어가야지.'

해랑은 집에서 넷플릭스에 요즘 유행하는 시리즈물을 틀었다. 하지만 미현은 드라마가 눈에 들어오지 않고 귀에 들리지 않았다. 오로지 빛나는 해랑의 얼굴과 음성만이 미현을 충분히 매료되게 했다. 미현은 해랑이 말을 멈추지 않았으면 했다. 해랑이 던진 주제에서 다른 생각을 이야기한다면 자신이 말을 해야 하고, 해랑은 들어야 하므로 미현은 해랑의 말에 무조건 동의하는 리액션만 취했다. 한 마디 한 마디에 호응했다.

"여당은 솔직히 이렇게 정치하면 안 되는 거 아니냐? 부동산 정책에 문제점이 많아."

해랑은 부동산 정책에 대한 문제점을 미현에게 이야기했다. 물론 미현은 그의 생각에 동의 하지 않았지만 여기서 끊는다면 그의 매력적인 음성이 잠시 끊길까 봐 동의만 했다.

'멈추지 말아 줘. 오빠의 어떤 생각도 다 좋아. 오빠의 생각이라면 다 받아들일 수 있어. 오빠 생각이 그런 거라면 나는 내 모든 생각을 다 바꿀 수 있어.'

해랑은 또 다른 이야기로 넘어갔다. 미현은 해랑이 자기 이야기를 할 때면 자신과 생각이 다르거나 독특한 가치관을 지녔어도 눈부시도록 신비롭게 보였다.

"흐음, 나는 자기 의견을 잘 이야기하는 사람이 좋은데…."

해랑은 조용히 읊조렸지만, 미현은 그의 생각이 온전히 다 이해되고 공감이 되어버려 다른 의견이 없었다. 미현에게는 해랑의 입장과 생각만이 있었다.

'이 눈부신 사람의 이야기에 토 달게 뭐가 있겠는가.'

그의 삶에 다가갈 수 없지만 그의 생각에라도 다가가고 싶었다. 그의 이야기를 귀 기울여 들어본다. 대화가 왔다 갔다 하는 와중에도 그를 좋아한다는 티를 내지 않기 위해 안간힘을 써야 한다는 사실을 해랑은 모를 것이다. 미현은 눈에서 해랑을 사랑하는 빛을 내뿜지 않기 위해 노력했다.

"미현아, 어깨 운동해? 지금도 예쁜데 어깨선만 잡히면 더 완벽해질 거 같아."

미현은 운동을 좋아해서 어디 가서 몸매로 지적받은 적이 없어 당황스러웠다. 미현은 또 우울한 생각이 많아졌다.

'예쁘게만 봐주지 않고 나의 부족한 부분이 눈에 들어오는 건가? 어깨가 아쉬워서 나랑 못 사귀는 건가? 사랑하면 내 어떤 모습도 예쁘게 봐줘야 하는 거 아닌가? 나에게 아쉬운 부분이 보인다는 건 나에 대한 마음이 아쉬운 거 아닌가?'
"나 요즘은 코어 운동 위주로만 해."

미현이 기운이 푹 빠져 대답하자 해랑은 나쁜 의미에서 한 소리가 아니라며 오해하지 말라고 했다. 자신이 매일 10분씩 하는 데 도움이 많이 된다며 미현에게 간단하게 앉아서 할 수 있는 어깨 운동법을 알려주었다.

"나, 편의점 좀 다녀올게."

"담배?"

"아니. 담배는 충분해. 살 게 있어서, 그냥."

해랑은 미현을 보고 웃으며 집 밖으로 나갔다.

'뭐야? 대체 뭘 사러 간다는 거지? 내가 생각하는 그건가! 오늘 밤은 정말 내 남자 친구가 될 수 있는 걸까? 하기 전에 관계 정립을 먼저 해야겠지. 오빠가 빨리 왔으면 좋겠다.'

편의점을 다녀온 해랑과 침대로 자러 간 미현, 아무 일도 일어나지 않았다. 미현의 머릿속에선 생각의 생각이 꼬리를 물었다.

'오늘도 왜 아무것도 하지 않는 거지? 왜 다가오지 않는 거지? 아니, 왜 사 온 걸 쓰지 않은 거니? 대체 뭘 사 온 거야? 내가 생각하는 그게 아닌 거야? 오빠는 대체 어떤 마음이지?'

——#

08

미현은 탄내에 정신이 번쩍 들었다. 오븐을 돌리고 시간을 잘못 설정해서 베이글이 새까맣게 탔다. 냉동실에서 새 베이글을 꺼내 다시 오븐에 올리고 시간을 확실하게 맞췄다. 새까매진 베이글을 버리려고 하니, 미현은 더 우울해졌다. 오븐 옆의 거울 속에 자기 모습이 보였다.

'내가 이렇게 예쁜데 너는 왜 나를 좋아하지 않는 거지? 더 이뻐야 할까? 오빠 스타일이 아닌 걸까? 오빠 스타일은 어떤데?'

방어를 먹은 날 이후로 해랑의 무응답은 미현의 마음을 휘저어 각종 부정적인 감정을 끌어올렸다. 미현은 해랑과의 관계가 이렇게 영영 끝날까 봐 불안했다. 두 번 다시 보지 못하게 될까 봐 두려웠다. 지금까지 혼자 지낸 시간을 어떻게 보냈는지 감이 오지 않았다. 미현은 자신이 괜찮은 줄 알았다. 멀쩡하게 카페를 열고 쿠키를 굽고 주문받았다. 한가해진 순간 그때야 알았다. 심장이 옥죄어 오고 있었다.

'언제부터 심장이 이렇게 아팠지? 심장이 아프다고 하는데도 나는 모른 척을 했나 보다. 나는 정말 괜찮은 줄 알았다. 난 괜찮지 않다. 지금 나 아주 힘들구나. 내가 바라는 대로 상대의 마음이 움직여주지 않아서 속상하구나. 서로 사랑을 주고받는 일이 이렇게 힘든 거라니.'

해랑에 관한 생각이 거세게 휘몰아치는 폭풍이 되어 미현을 괴롭혔다. 폭풍우에 비를 홀딱 맞아 물에 젖은 생쥐가 된 기분이었다. 바로 앞 테이블에서 30대 중반쯤 되어 보이는 남녀의 이야기가 귀에 들어왔다.

"30대가 되고는 좀 더 재는 것 같아. 적극적으로 여자한테 뭘 하기가 싫어."

"너도? 내가 아는 오빠도 서른 살부터 상대한테서 애타는 마음이 느껴지면 결혼을 서둘러야 할까 봐 거리를 더 두게 된대.”

“맞아. 뭔가 부담스러워.”

미현은 ‘부담’이라는 단어가 더욱 크게 들렸다.

‘혹시 오빠도? 몇 번 만나지도 않고 오빠한테 푹 빠져서 애타는 내 마음이 부담스러운 걸까? 오빠가 내 마음을 못 느끼지 않았을 거니까. 나 자신도 감당이 되지 않는 내 마음이 당연히 겉으로 다 배어 나왔을 테니 진작 알아채고 날 부담스러워했겠지. 내 마음의 무게가 나조차도 감당이 되지 않는데 어떻게 오빠가 감당하겠어? 내가 좋아하는 사람이 날 좋아하지 않고 부담으로 느낀다면 이거야말로 진짜 끝 아닌가. 부담스러운 감정이란 굉장히 무서운 건데….’

그때 마침 카페 스피커에서 해랑의 집에서 뮤직비디오를 보며 함께 들었던 인디밴드의 노래가 흘러나왔다. 괜히 좋아하는 노래를 같이 들어버려서 이 노래 들을 때마다 해랑과 함께했던 그날 밤이 선명하게 떠올랐다. 해랑도 특히 좋아해서 콘서트에서 라이브로 들어보고 싶다고 했다. 그런데 부담이라니 절망적이었다. 티켓 두 장을 연석으로 힘들게 구매했는데 말이다. 혹여나 해랑이 갑작스럽게 갈 수 있다고 할까 봐 전날까지 티켓을 환불하지 않고 가지고 있었다. 정말이지 헛된 망상이었다. 전날에도 아무 연락이 없었다. 전날 밤 용기 내어 물었지만 역시 거절이었다. 부담스러워서 거절했겠다고 생각하니 자괴감까지 들었다. 거절당한 한 장은 은솔과 가려고 했지만, 인싸인 은솔과 연말에 갑작스럽게 날짜 잡기는 하늘의 별 따기였다. 준수에게 물으니 선뜻 가능하다고 해서 준수와 우울하게 다녀왔다. 얼마 전에 준수가 그날 찍은 필름 카메라를 스캔했다며 카톡으로 사진 여러 장을 보내줬는데 마음이 아파 한 장도 자세히 보지 못했다. 다시 준수와의 카톡 방에 들어가서 보내온 사진을 찾아보았다.

가장 눈에 띈 건 콘서트장 앞에서 찍은 콘서트 현수막이 달린 가로등 사진이었다. 놀랍게도 하늘은 보라색이었고 눈이 꽤 예쁘게 가로등과 나무에 쌓여 있었다. 하늘이 보라색인 줄도 몰랐다. 눈이 이만큼 쌓인 줄도 몰랐다. 지금에서야 하늘이 어땠는지 눈이 얼마큼 내렸는지 대충 짐작할 뿐이다. 이날은 정말 아무도 만나고 싶지 않은 날이었다. 그냥 방 안에서 우울의 늪에 빠져 질식하고 싶었다.

"오늘 하늘 예쁘다. 새 필름 샀는데 내가 특별히 사진 찍어줌. 예쁘게 나와!"

준수는 남의 속을 아는지 모르는지 아침부터 해맑았다. 준수의 기분에 맞춰 줄 힘이 도저히 나지 않았다.

"미안. 오늘은 사진 찍히고 싶지 않아."

한 글자 한 글자 겨우 쳐서 준수에게 답장했다.

"무슨 일 있어?"
준수를 만났을 때, 평소와 다른 미현을 눈치챘는지 첫 마디가 장난기 없는 조심스러운 질문이었다.

"아니."

미현은 마음 저변에 깔린 우울함이 터져서 쏟아질까 봐 애써 말을 삼켰다.

'사실 많은 일이 있었어. 다 들어 줄 수 있어? 나, 지금 너무 힘들어. 내 마음인데 내가 감당되지 않아. 그런데 이야기 해 버리면 부정적인 마음이 흘러넘쳐서 긍정적인 작은 실마리마저 증발해 버릴까 봐 말을 못 하겠어.'

둘은 정말 조용히 아무 말 없이 콘서트를 감상했다. 콘서트가 끝난 후 준수는 콘서트에서 들었던 셋업 리스트 순서를 그대로 플레이리스트에 담았다.

"이대로 집에 가기 아쉽지? 한강에서 이 리스트 그대로 듣고 가자."

미현은 대답 대신 고개를 끄덕였다. 그런 미현을 보며 준수는 씽긋 웃고는 묵묵히 플레이리스트를 재생한 뒤 한남 블루스퀘어에서 올림픽대로를 타고 반포대교로 향했다. 한강이 잘 보이는 곳에 주차했다. 준수는 당연하다는 듯 편의점에서 따뜻한 커피 두 잔을 사 왔다. 다시 콘서트 때로 돌아간 느낌 때문인지, 그 커피가 따뜻해서인지, 흘러가는 한강이 아름다워서인지, 쌓인 눈이 예뻐서 위로받았는지 모르겠지만 미현은 갑자기 눈물이 흘러나왔다. 준수는 이유를 묻지 않고 그저 토닥여 주었다.

한참 울었을까? 준수는 한강을 바라보며 입을 뗐다.

"괜찮아. 다 괜찮아. 우울해도 괜찮고 불안해도 괜찮고 어떤 마음이어도 괜찮아. 다 괜찮아."

——#

09

미현은 따끈하게 데워진 베이글을 가지고 은솔에게 갔다. 밥 먹지 않은 거 다 안다며 베이글을 내밀었다. 은솔은 안 챙겨줘도 된다고 말하면서도 이미 표정엔 행복이 차올랐다. 은솔은 사랑을 받을 줄 알고 작은 마음도 크게 받을 줄 안다. 미현은 통통 튀는 강아지 같은 은솔이가 귀여웠다. 지호랑 헤어져서 힘든데도 저런 밝음이 나올 수 있는 게 신기했다. 자신은 모든 게 무너져서 미소 짓는 일조차 버거워진 거 같은데 말이다.

쉬는 날이라 손님이 끊임없이 있어서 정신없던 미현은 마감 시간이 되어서야 은솔을 쳐다봤다. 엄청난 집중력으로 그림을 미친 듯이 그리고 있었다. 조금 기다릴까 싶었는데 은솔이 갑자기 정리하기 시작하더니 마감을 도와주겠다고 달려왔다. 역시나 너무 귀여웠다. 이런 은솔에게 오늘은 자신의 마음을 털어놓아도 될 거라는 확신이 들었다. 자신의 힘듦도 귀엽게 만들어줄 것만 같았다.

미현과 은솔은 카페에서 가까운 신흥시장으로 향했다. 둘이 자주 가는 노가리 공장으로 들어갔다. 모든 벽면엔 손님들이 남긴 메시지가 적혀 있고, 파란색 플라스틱 테이블은 어쩌다가 자리를 잡은 것처럼 자유롭게 배치되어 있었다. 사장님은 손님이 오거나 말거나 지인들과 이야기를 나누고 있었다. 구석에 자리를 잡고 맥주 두 잔과 먹태를 시켰다. 사장님이 지인들과 즐거우신 거 같아, 사장님께 맥주를 시킨다고 큰 소리로 외치고 생맥주는 기계에서 직접 따랐다. 둘은 시원한 맥주잔으로 '짠'한 뒤 벌컥벌컥 들이켜며 인생 한탄으로 이야기를 시작했다.

"언니, 나 말고 다른 사람들도 이렇게 힘들게 사는 거야?"

"내 말이. 힘들다. 힘들어."

"아, 언니 하루하루가 주말이면 좋겠어. 아니다. 최대한 대충 살고 싶다. 건물이나 관리하면서 편하게 살고 싶어. 그럼 매일 행복할 텐데. 너무 불행해! 특히 일요일 저녁은! 10년 뒤에도 이렇게 살아야 하는 거야? 일하고 주말만 기다리고? 마흔 살인데? 설마 평생을 이렇게 살아야 하는 건 아니지?"

"그러게. 평생은 모르겠고 카페에 오는 손님들의 이야기를 언뜻 들어보면 10년 뒤에도 이렇게 살고 있을 거 같은데."

"으악! 난 싫어."

이야기의 예열을 하려고 하니 사장님이 숯불에 먹태를 바싹하게 구워서 가져다주었다. 먹태는 맛있는 안주가 되어 두 사람의 마음을 더욱 열게 해주었다.

"나, 진짜 왜 이렇게 살지? 내가 헤어지자고 해놓고 왜 내가 후회하는 거지?"

"그럴 수도 있지. 그게 사람 마음 아니겠어?"

"언니는 항상 내 편이니까 그렇게 이야기하지. 있을 때 감사한 줄 모르고 뻥 차버리고 이렇게 재회를 원하면 누구든 다 욕한다고. 난 알아. 내가 나쁜 년인 거. 그래도 지호를 다시 만나고 싶은데, 어떡해."

은솔은 눈물을 글썽이며 마음을 털어놓았다. 은솔이도 마냥 밝은 것만은 아니었다. 미현도 해랑과의 첫 만남 이후 있었던 일들과 자신의 마음을 다 꺼내 놓았다.

"은솔아, 너는 짝사랑할 때 안 힘들어?"

"난 그냥 그 짝사랑하는 내 마음이 좋아. 설레고 들뜨고 기대하고 아프고…. 이별 후의 짝사랑 말고 연애 전의 짝사랑!"

'나는 그만하고 싶다. 애타는 마음을 느끼고 싶지 않아. 은솔이는 어떻게 자기가 좋아하는 마음을 사랑할 수 있는 거지? 나는 그럴 수가 없어. 이미 마음이 너무 커져서 나 스스로 감당할 수가 없어.'

미현은 이런 생각이 들었지만, 굳이 말로 꺼내진 않았다.

"하! 나는 왜 이렇게 사는 거야? 내가 너무 좋아서 죽겠다는 남자는 없는 걸까?"

"그렇네? 언니는 남자도 쉬지 않고 만났는데 왜 그렇게 나쁜 남자만 꼬여?"

티 없이 맑은 얼굴로 너무 맞는 이야기를 하니 뜨끔했다. 미현은 지금까지 나쁜 남자들만 만나서 마음고생했던 연애사가 되새김질 되었다.

#미현, 서른 살, 회상 – 전 남자 친구

전 남자 친구는 미현이 딱 서른 살에 만났고 어른의 스킨 냄새가 나는 남자였다. 전 남친은 곰처럼 덩치가 좋고 듬직했다. 그의 겉모습은 그가 쓰던 스킨 향만큼이나 든든했다. 하지만 겉모습만 그랬을 뿐이다. 사귄 지 3개월이 지났을 즈음 함께 여행을 가고 싶어서 펜션에서 고기를 구워 먹자고 제안했었다.

"싫어. 둘이 무슨 재미로 가. 여럿이 가야 재밌지."
"왜? 둘도 재밌잖아. 아니면 여럿을 모아 볼까?"
"싫어."

싫은 데는 이유가 없다며 더 말하기를 싫어했다. 만날 때마다 대화가 이런 식이었다. 매번 이야기하는데도 미현이 원하는 사소한 데이트도 응해 주지 않았다. 사랑하는 여자 친구가 조르는데 어쩜 한 번도 들어주지 않는지 이해되지 않았다. 미현은 전 남친이 멀리 나가는 걸 부담스러워하는 것 같아 가까운 데로 가서 데이트하는 것도 제안해 보았다.

"오빠, 주말에 집이나 집 근처에서만 놀지 말고 좀 걸어서 서울숲에 산책이라도 갈까? 나무도 예쁘고 서울숲 끝이 한강과 연결되어서 성수대교도 볼 수 있고 너무 예쁠 것 같아."

"싫어. 멀어."

아니나 다를까, 또 싫다는 반응이었다.

"왜 싫어? 내가 성수동 올 때마다 이렇게까지 조르면서 이야기하는데 한 번은 가줄 수 있지 않아?"

"하…. 그래 가자, 가. 빨리 준비해! 마음 변하기 전에."

억지로 가는 티를 다 내면서 준비를 후딱 하고 투덜대면서 집을 나섰다. 그렇게 졸라서 겨우 갔던 산책은 산책이 아니라 서울숲에 급하게 발 도장만 찍고 다시 전 남친의 집 근처로 돌아오는 것이었다. 옆에 있는 나무 하나 눈에 못 담고, 마음의 여유 한 번 못 얻고 왔다. 그는 날씨가 좋은 날 한강공원에 돗자리를 깔고 앉아서 맥주 마시는 것도 해주지 않는 남자였다. 이렇게 사랑하는 사람이 좋아하는 것을 한 번도 해주지 않은 남자와 미현은 2년 넘게 만나다 전 남친이 바람나서 헤어졌다.

——#

#미현, 스무 살, 회상 - 첫 남자 친구

첫 남자 친구도 떠올랐다. 미현이 아무것도 몰랐던 대학교 새내기 때 만났던 남자 친구다. 빨래하면서 섬유유연제를 쏟아부었는지, 첫 남친과 그의 자취방엔 늘 섬유유연제 향이 진하게 났다. 첫 남친도 미현이 첫 여자친구여서 서로 많이 어설프고 미숙했지만, 첫사랑의 들뜬 마음을 주체하지 못해 장난도 많이 치고 풋풋하게 웃으면서 지냈다. 미현은 이 사랑하는 마음이 평생 갈 줄 알았다. 그와 사귀고 1년이 지났을 때였던 거 같다. 첫 남친의 자취방에 스며든 일요일 아침의 햇빛 때문이었을까? 미현은 또 한껏 들떠 있었다. 미현은 관계하던 중에 장난스레 콘돔을 슬쩍 뺐다.

"자기, 내가 이거 뺐어! 새것 다시 끼워 줄까?"
"우리 자기, 그랬어? 다시 안 껴도 되는데! 엉큼하긴."

그래도 미현은 머리맡에 있던 콘돔 통에서 새 콘돔을 꺼내서 다시 끼워 줬다. 첫 남친은 미현을 쓰다듬으며 예뻐했다. 하지만 사용했던 콘돔을 정리하며 소리쳤다.

"야! 나 너 책임질 생각 전혀 없으니까 다음부터 중간에 콘돔 빼기만 해 봐!"

'뭐? 책임질 생각 없으니까?'

미현의 마음에 바늘이 꽂히는 듯했다. 콘돔을 뺀 건 자신이 100% 잘못했다고 생각했다. 하지만 장난이었고 바로 다시 끼워 줄 생각이었고 심지어 바로 다시 끼우지 않았던가? 그리고 다시 안 껴도 된다며 장난을 받아준 사람이 왜 저러는지 알 수가 없었다.

"미안해. 장난친 건데, 도가 지나쳤네."

미현은 먼저 사과했다.

"알면 됐어. 두 번 다시 그러지 마."

그는 조별 과제 약속이 있다며 화를 한 번 더 내고 얼른 옷을 입고 학교로 가 버렸다. 그가 없는 동안 그의 향이 나는 이불을 덮고 있어서 그런지 계속 책임질 생각이 없다는 말이 미현의 귓가에 맴돌았다. 미래를 약속하지 않는다 해도 서로가 미래에 당연히 있을 수 있다는 믿음이 얼마나 중요한지를 깨닫게 되었다. 내일도 함께할 수 있다는 신뢰가 무너졌다. 물론 미현 자신이 잘못했지만, 그 일을 계기로 그동안 첫 남친이 자신을 어떻게 생각하며 만났는지를 알게 되었다. 그의 미래엔 미현이 없었다. 미현은 첫 남친의 말을 곱씹을수록 신뢰가 없는 사람과 계속 만날 수 없다는 결론을 내렸다. 머릿속으로 헤어질 준비를 했다.

'아까 한 행동은 분명히 내가 잘못했어. 그리고 난 날 누군가에게 책임지라고 하고 싶진 않아. 하지만 책임지지 않을 거라는 이야기를 여자 친구에게 한다는 건 나를 가볍게 만나고 있다는 증거라고 생각해. 나는 신뢰가 없는 만남은 더 못 하겠어. 우리 그만하자.'

하지만 혼자서 되새길 뿐이었다. 그 후로 미현은 첫 남친에게서 자신보다 더 좋은 여자가 생기면 언제든 떠나겠다는 이야기까지 들었다. 그런 사람을 군 복무를 마칠 때까지 기다려 주었는데 그가 제대하자마자 차였다.

——#

이 둘 말고도 사랑받고 싶은 마음에 쉬지 않고 연애를 했지만, 이상하리만큼 연애할 때가 더욱 외롭고 공허했다. 이번엔 해랑이 눈앞에 나타났다. 나쁜 남자라도 상관없었다.

자신을 많이 사랑해 주지 않아도 상관없었다. 그저 해랑이
너무 좋았을 뿐이었다.

"난 짝사랑이 이뤄지면 좋겠다. 은솔아!"

미현은 맥주잔을 들어 올렸다.

"언니! 나는 지호랑 재회하고 싶다."

둘은 잔을 부딪쳤다.

"새해에는 제발 소원 좀 이뤄주세요. 매년 이뤄준 것도 별
로 없잖아요."

10

새해에도 회사는 작년과 똑같이 굴러갔다. 컴퓨터에서 뿜어져 나온 기계 냄새가 풍기는 사무실도 여전했다. 아침 인사가 "새해 복 많이 받으세요!"라고 바뀐 거 빼고는 별다른 점이 없었다. 은솔의 자리에 있는 전화벨이 울렸다.

"네, 디자인팀…."
"야! 돈 내고 제작해 달라고 했는데 이것밖에 못 해?"

수화기 너머로 큰소리가 나서 옆자리의 김주희 대리가 은솔을 쳐다봤다. 은솔은 당황해서 대답을 얼버무리고 있는데 고함이 다시 귓가에 울려 퍼졌다.

"고급스러우면서도 화려하게 해달라고 했잖아! 이게 뭐야?"

"실례지만 어디서 전화하셨나요?"

은솔은 당황했지만 침착하게 물었다.

"그것도 몰라? 그것도 모르면서 거기 왜 있어? 이딴 식으로 완성해 놓고 돈을 받아 가겠다는 거야?"

"마음에 드시지 않은 부분을 알려주시면 수정해 드리겠습니다."

"그냥 너무 촌스러워! 계약 취소야! 여기랑 못 해!"

한참을 죄송하다고 사과하고 진정시킨 뒤 새로 디자인 시안을 뽑아주기로 했다. 은솔은 숨을 크게 내쉬었다. 김주희 대리가 무슨 일이냐고 물어서 통화 내용을 알려주었다. 눈물이 핑 돌았다. 이야기를 들은 주변 사원들이 위로해 주었다. 위로에도 불구하고 은솔은 손이 떨려왔다. 마음이 힘드니 지호가 더 보고 싶어졌다. 은솔은 주말 약속만 생각하며 하루하루를 버텼다.

주말 약속은 1년 전 드로잉 클래스를 함께 들었던 세 명과의 신년회였다. 그중에는 같은 회사에 다니다가 퇴사한

이 대리도 있었다. 이 대리가 갑자기 단톡방에서 대화를 시작해 1년 만에 다시 만나기로 했다. 그들을 만나는 동안에는 지호 생각이 나지 않을 것 같아서 기대되었다.

은솔은 약속 장소인 레스토랑으로 향했다. 오랜만에 만나는 사람들이라 준비 과정부터 지호 생각이 나지 않았다. 그때 단체 카톡 방에 알림이 울렸다. 민정이었다.

"제가 요즘 봉사하시는 거 알죠? 봉사하는 선생님들과 수업 자료 만들고 있는데 조금 늦어지네요. 밥은 같이 못 먹을 거 같네요. 먼저 식사하고 계세요. 곧 갈게요."

민정이 추천해서 예약한 강남의 예쁜 레스토랑이었는데 정작 민정이 늦게 오게 되어 아쉬웠다. 그래도 레스토랑 문을 열자 고소한 올리브 향이 나고, 화려한 샹들리에가 레스토랑을 밝히고 있어 은솔은 기대감이 상승했다. 벽면이 원목으로 우아하게 장식된 레스토랑을 둘러보다 같은 회사였다가 얼마 전 교육 분야로 이직한 이 대리와 초등학교 교사인 하진이 먼저 도착해 있는 테이블을 발견했다. 은솔이 웃으면서 자리에 앉고는 식사 메뉴를 골랐다. 들어올 때 올리브 향이 좋아 올리브유가 가득 들어간 파스타를 먹고 싶어서 알리오올리오를 선택했다. 주문을 마치고 각자 어떻게 지내는지 근황을 나눴다.

"장 사원, 세계적인 광고 디자이너 폴 랜드 알죠? 그분은 매일 명상하며 영감을 얻는대요. 장 사원은 명상하는 시간 있으세요?"

"네? 딱히 명상은 안 해요."

"그러지 말고 하세요. 하루에 10분도 시간 못 내세요? 자기 계발을 해야죠! 그러니까 사수보다 작업물에 독창성이 없죠. 이제 사수 따라잡을 때가 되지 않았나요?"

같은 회사에 다닐 때 일주일에 3일은 아침에 술 냄새를 풍기고 와서 일 처리도 제대로 못 하던 그의 모습이 떠올라기가 찼다. 자기 인생도 제대로 못 살면서 남에게 충고하니 귀에 들어올 리가 없었다. 원래 재밌는 사람이었는데 왜 저렇게 꼰대 같아졌는지 알 길이 없었다. 은솔은 말을 돌리려고 하진에게 시선을 주었다.

"아, 하진 씨, 주식 하시잖아요. 요즘 장 어때요?"

하진이 입을 떼려고 하자 이 대리가 가로막았다.

"주식투자 할 생각을 하면 어떻게 해요? 일단 광고 분야에서 일인자가 되어야죠."

"이 대리님도 일인자 못 됐는데 주식투자 하잖아요."

"제 주식은 다 하향세라 후회 중이에요. 그래서 말하는 거잖아요. 장 사원! 우리나라에 유명한 광고 디자이너 이제석 아시죠? 그분은 인풋을 엄청 많이 한대요. 책 엄청 많이 읽어서 딱 아웃풋 해서 세계적으로 상 많이 타잖아요."

"저도 다 아는 이야기예요. 그만 좀 말해요. 입에서 단내 안 나요?"

은솔은 도저히 대화를 못 나누겠어서 인상을 쓰며 기분 좋지 않은 티를 냈다.

"장 사원! 그분처럼 자기 계발을 해야죠. 다음부턴 이런데 놀러 다닐 시간에 광고 쪽 공부를 더 하고 책 좀 읽어요. 이제석처럼 임팩트 있는 한 방짜리 포스터도 못 만들잖아요."

이 대리는 어림도 없었다.

"이 대리님도 저랑 같은 회사 다닐 때 못 했잖아요."

"저는 이직했고요, 이번에 책 나온 김웅현 광고 디자이너 아시죠?"

이러다가 세상에 있는 이름난 광고 디자이너는 다 나올 기세였다. 자존감이 낮아지는 기분이 들어 은솔은 다른 주제로 바꾸려고 노력해 보았다. 하지만 속수무책이었다. 부동산, 유명 연예인, 안 보는 사람이 없는 넷플릭스 시리즈물 이야기를 해도 다시 돌아서 은솔이 유명 디자이너보다 실력 없다는 질책을 들어야 했다.

"그게 필요했으면 대리님이 우리 회사에 있었을 때 해결하시지 그랬어요."

"아, 저는 퇴사했잖아요. 이제 남은 은솔 사원이 해야죠. 은솔 사원! 제발 큰 꿈을 가지세요. 은솔 사원, 성공해야죠."

"저 요즘 여러 가지 일로 진짜 힘들어서 그래요. 일 이야기 말고 편한 이야기 좀 해요."

제발 저 입으로 기분 상하게 하는 말 좀 그만하고 밥이나 먹었으면 했다.

"일하는 사람이 일에 관심이 없으면 어떻게 해요. 아휴,

그러면 은솔 사원은 회사에서 이루고 싶은 꿈이 있나요?"

"정신이 힘들지 않고, 월급이 꼬박꼬박 나왔으면 좋겠네요."

"에이, 그런 거 말고요."

"그럼 이 대리님은요?"

선한 영향력을 끼치고 싶다는 구체적이지 않은 꿈을 얼버무리며 또다시 은솔에게 큰 꿈을 가지고 회사를 잘되게 하라는 내용의 이야기를 다른 버전으로 연설했다.

"다 전 직장인 마음커뮤니케이션과 우리 은솔 사원을 위한 거예요. 애정을 가지고 하는 말이니 대충 듣지 말아요."

"알아서 할 테니 그만 좀 이야기하세요."

"들어보면 다 좋은 내용이에요."

"꼰대 냄새가 나요."

그러자 이 대리의 이야기가 멈췄다. 기분이 상한 듯한 이 대리의 모습에 은솔은 기분이 더 좋지 않아졌다. 은솔이 그냥 집에 가려 했으나 또다시 메시지가 울렸다. 민정이었다.

"2차로 바로 옆에 예쁜 카페가 있어요. 가 있으시면 제가 바로 갈게요. 이제 곧 갈 수 있어요. 늦어서 죄송해요!"

　은솔은 민정의 얼굴만 보고 가려고 민정이 올 때까지만
있다 가기로 했다. 먹은 알리오올리오가 체한 듯해 엄지와
검지 사이를 다른 손을 누르면서 바로 옆 카페로 향했다.
곧 온다는 민정은 도통 오질 않았고 한 시간마다 곧 도착한
다고 기다려달라고 했으나 결국 세 시간 넘게 나타나지 않
았다. 이 대리는 무려 세 시간 동안 유명 광고 디자이너들
과 은솔을 비교하며 연설했다. 더는 그 자리를 버티는 게 쉽
지 않았다. 안 그래도 난 이 분야에 있으면 안 되는 건지 자
책을 많이 하고 있었는데 자책에 기름을 부어 살아 있는 것
조차 싫어졌다. 이 대리의 언사가 갈수록 도를 넘는 것 같은
생각이 들자 은솔은 피곤하다며 그냥 자리에서 일어섰다.
아무 말 없이 가만히 있는 하진도 미웠다. 특히 잠시만 기다
리면 온다면서 몇 시간째 나타나지 않은 민정이 제일 원망
스러웠다. 체할 정도로 기분이 좋지 않은 연설을 세 시간 넘
게 듣고 있는 자신이 제일 한심했다.

　'안 그래도 지호 생각에 죽겠는데 그냥 밥만 먹고 일어설
걸.'

은솔은 분을 이기지 못하고 단체 카톡 방에 연을 끊겠다는 한마디를 남긴 후 나와 버렸다. 그리고 모두를 차단했다. 은솔은 머리를 쥐어뜯었다. 그처럼 극단적으로 행동하는 자신에게 너무 놀랐다.

'굳이 이렇게까지 하지 않고 걸으면서 생각을 정리하는 방법도 있을 텐데….'

은솔은 바로 후회했다. 눈물이 핑 돌았다.

11

이 대리 사건 때문에 온몸에서 분노가 끓어올라서 잠 못 이루는 밤이었다.

'지호가 있었다면 어떻게 위로를 해줬을까?'

지호와 함께 갔던 첫 여행이 떠올랐다. '처음'의 설렘도 있었지만 서투름도 있었다.

'너한테는 우리의 첫 여행이 어떻게 기억됐니?'

"누나, 나 아르바이트비 들어왔어. 우리 이번 달에 짧게라도 제주도로 여행 갈까?"

"다음 주 주말 어때?"

시간이 되고 돈이 어렵게라도 된다면 빨리 지호와 여행을 가고 싶었다. 아쉽게 데이트하고 밤이 늦으면 각자 집으로 돌아가는 것 말고, 아쉬운 마음 없이 며칠을 지호와 함께하고 싶었다. 급작스럽게 잡힌 여행이지만 여행을 준비하는 과정이 즐거웠다. 비행기 티켓을 예약하고 나니 지옥 같은 출근길도 욕하는 상사도 괜찮았다. 여행을 기다리는 시간이 설렘으로 가득 찼다. 어떤 옷을 입을지, 어떤 이야기를 할지, 무엇을 보고 어떤 걸 느낄지 상상해 봤다. 물론 상상한 그대로 되진 않을 것이다. 입으려던 옷이 찢어질 수도 있고, 생각보다 재미없을 수도 있고, 좋은 걸 봐도 아무런 감정이 느껴지지 않을 수도 있다. 그래도 일상을 벗어난 곳에서 지호와 함께 지내게 되어 기분이 좋았다.

김포공항 2번 게이트 앞에 도착해 지호에게 전화를 걸었다. 너무 예쁜 모습으로 먼저 도착해 있었다. 늘 같은 캐모마일 향기를 풍기면서 베이지색 반바지에 가벼운 흰색 티셔츠를 입고 아주 해맑게 웃으며 손을 흔들었다. 은솔은 걱정한 것보다 일찍 도착해서 여유롭게 체크인하고 비행기에 올랐다. 모든 근심 걱정과 현실까지 내려두고 지호와 단둘이 하늘로 올라갔다. 금방 제주도에 도착하니 영롱한 햇빛으로 눈이 부시고 청량한 초록과 파랑이 눈앞에 펼쳐졌다. 여름의 빛이 아주 오랫동안 추억으로 자리 잡힐 것을 직감했다. 은솔은 여행 온 사람들의 들뜸이 느껴져서 더욱 들떴다. 버스를 타고 이동하며 지호의 에어팟 한쪽을 받았다. 은솔은 한쪽을 귀에 꽂고 지호의 플레이리스트를 감상했다. 지호가 평소에 통화로 속삭여 주던 사랑의 언어 같은 조곤조곤한 노랫소리가 흘러나왔다. 하도해수욕장이 한눈에 보이는 예쁜 카페에도 가고, 숙소가 있는 '하도리'라는 동네를 천천히 거닐었다. 훌륭한 관광지는 없었지만, 낮은 돌담과 낮은 시골집들은 더할 나위 없는 볼거리였다. 천천히 걷다가 지도에는 없는 작은 소품 숍에 들어가 보고 음식점이 나오면 배를 채우러 들어갔다. 늦은 저녁엔 다시 바다로 나갔다. 파도치는 소리와 사람들의 들뜬 목소리가 행복한 하모니가 되어 은솔과 지호의 귓가에 울려 퍼졌다. 은솔은 숙소에서 튜브를 가지고 나와서 냅다 바다로 뛰어들었다.

"내일 해 뜰 때까지 못 기다려!"

지호는 은솔의 모습이 물을 엄청나게 좋아하는 어린 레트리버 같아 보였다. 지호도 같이 뛰어들었다. 지호와 튜브를 붙잡고 물놀이를 한참 한 뒤 튜브 위에 누워서 물에 둥둥 뜬 채로 가로수의 노란 불빛이 바닷물에 비치는 장면을 보고 있자니 은솔은 더욱 황홀감에 젖었다. 남은 여행은 얼마나 더 황홀할지 가늠이 되지 않았다. 숙소로 돌아와 바닷물에 젖은 몸을 씻고 나왔다. 머리도 채 말리지 않았는데 갑자기 지호가 은솔에게 키스했다. 그리고 슬슬 은솔의 옷을 벗기려 했다. 은솔이 놀라서 저지하려고 하자 지호가 입술을 살짝 뗐다.

"누나도 이럴 거 다 알고 같이 여행 온 거 아니야?"

뽀뽀에도 부끄러워하던 지호는 온데간데없었다. 지호의 적극적인 모습에 놀랐다.

"누나 오늘 엄청 예쁘다. 정말 예뻐."

어설펐지만 여름 낮처럼 빛났던 첫 밤이었다. 내일도 오늘만큼 캐모마일 향이 가득하기를 바랐다.

지호는 자다가 거센 빗소리에 눈을 떴다. 비가 거세게 내리고 있었다. 은솔을 깨워 비 소식을 알리니 어제 물놀이를 미리 해서 다행이라며 더 잔다고 했다. 은솔이 느지막이 일어나 천천히 준비해서 나갈 시간이 지체됐다. 우도에서 해수욕을 즐기기로 했는데 해수욕이고 뭐고 우도로 들어가는 배가 뜰지 안 뜰지도 모른다는 소식이 들렸다. 늦어지면 타기로 했던 시간의 배도 놓치게 된다.

"우도에 들어가는 배가 안 뜨면 어쩌지?"

지호는 걱정이 되어 은솔에게 물었다.

"그럼 다른 데 가면 되지."

은솔은 남의 여행인 양 심드렁하게 대답했다. 비는 그칠 생각을 하지 않고 계속 내리고 있었다. 일정이 뜻대로 되지 않자 지호는 불안감이 더해졌다. 가만히 있을 수가 없었다. 꼭 가보고 싶었던 숙소 근처의 맛집은 분명히 오픈하는 날이었는데 알 수 없는 이유로 문을 열지 않았다.

"분명 오픈한다고 나와 있는데…."

"장사하기 싫으면 안 해도 되는가 보다. 부럽다. 저런 삶…."

지호는 불안해 죽겠고 당장 밥을 못 먹게 됐는데도 은솔이 아무렇지 않아 하고 헛걸음하게 만든 사장님을 부러워하는 게 당최 이해되지 않았다. 근처 식당에 전화해 보고 문이 열렸으면 아무 데나 가기로 했다. 다른 식당으로 가려고 했으나 택시도 잡히지 않았다. 일기예보는 맑음이었으나 섬 날씨답게 하루 종일 비가 쏟아졌다. 지호의 불안감은 짜증으로 바뀌고 있었다. 짜증 난 티를 내지 않으려고 했지만, 행동 하나하나 목소리 하나하나에 짜증이 잔뜩 묻어 있었다. 5분에 한 번씩 한숨도 쉬었다. 은솔도 슬슬 기분이 나빠졌다.

'비 오는 게 자기 탓도 아니고 여행하다 보면 돌발상황이 생길 수도 있는 게 아닌가?'

"하…."

"여행 와서 일정 좀 꼬인 거 가지고 뭔 짜증이고 한숨이야!"

은솔이 버럭 소리를 지르자 지호는 그제야 자신이 짜증을 내고 있다는 걸 자각했다. 은솔에게 미안하여 곧바로 사과했다. 하지만 은솔은 기분이 쉽사리 풀릴 것처럼 보이지 않았다.

　"미안해. 나도 내가 짜증 내는 줄 몰랐어."
　"됐어."
　"일정이 꼬이는 불안한 마음에 나도 모르게 짜증이 나왔어. 미안해. 봐주라."

　지호의 계속되는 사과에도 은솔은 한마디도 하지 않았다. 은솔은 그렇게 예뻤던 제주도 풍경이 하나도 눈에 들어오지 않았고 지호의 사과도 귀에 들리지 않았다.
　——#

12

여행을 즐길 마음이 아니라 저녁도 먹지 않고 숙소로 돌아왔다. 은솔은 침대에 누워서 유튜브만 끊임없이 보았다. 지호는 은솔의 기분이 쉽게 풀릴 것 같지 않아 혼자서 활어 횟집으로 향했다. 은솔과 함께 먹을 한치회를 포장했다. 바로 근처 편의점에서 한라산 소주 한 병, 토닉워터 세 병과 레몬즙, 얼음이 담긴 컵 두 개를 샀다. 은솔이 많이 기다릴까 봐 서둘러 숙소로 간 지호는 테이블에서 잘 먹을 수 있게 세팅까지 완료했다.

"제주도에 왔는데 한치회랑 한라산은 먹어 보자."

은솔은 아직 기분을 풀기 싫었지만, 한치회랑 한라산은 맛보고 싶어서 뾰로통하게 테이블 앞에 앉았다. 아무 말 없이 한치회를 먹으며 한라산을 조금씩 홀짝였다. 수평선쯤에서 고기 잡는 배들이 비추는 불빛으로 빛나는 바다를 바라보았다. 예쁜 창밖 풍경 때문인지 배가 좀 불러서인지 은솔은 기분이 풀려서 지호가 무슨 말을 할지 기다리고 있었다.

"누나는 가장 어릴 때의 기억이 뭐야?"

술기운이 좀 오른 건지 지호는 뜬금없는 질문을 했다.

"동생이 태어났을 때. 나랑 세 살 차인데 난 동생 태어날 때가 생생하게 생각나. 신기하지?"

은솔은 바로 떠올라서 길게 생각하지 않고 대답할 수 있었다.

"그때 마음은 어땠어?"
"환희랄까? 너무 벅찼어."

지호는 첫 기억이 놀이동산에 처음 갔을 때라고 했다. 지호가 말하는 동안 그때의 설렘이 같이 느껴졌다.

"그럼, 가장 좋지 않은 기억은?"

은솔은 이상하게 좋지 않은 기억은 아무것도 떠오르지 않았다. 분명 예전에, 본가에 있는 책상 정리를 하면서 보게된 어린 시절 일기장은 우울함 그 자체였는데 말이다. 아무런 기억이 나지 않아 말하지 못하는 은솔에게, 지호는 그럴수도 있다고 하며 자신의 이야기를 꺼냈다. 그 이야기를 듣자, 은솔은 지호와 함께 지호의 어린 시절로 같이 돌아간 듯했다.

지호는 초등학교 때부터 친했던 현성과 중학교 2학년 때같은 반이 되었다. 분명 초등학교 졸업할 때까지만 해도 지호보다 현성이 훨씬 작았는데 어느새 현성은 키와 덩치가학교에서 제일 커져 있었다. 그 때문인지 현성은 일진과 친해졌고, 지호는 평범한 친구들과 학교생활을 이어 나갔다. 자연스럽게 멀어지나 싶었는데 2학기가 시작될 때쯤 하굣길에 우연히 현성과 일진 무리를 마주쳤다.

"우리 반 꼴등이다. 남자 맞아? 왜 저렇게 작고 말랐어?"

"점심 때 같이 축구도 하지 않으면서 피부는 왜 저렇게 까매?"

"머리는 또 왜 저렇게 곱슬머리야? 나 같으면 볼륨매직이라도 해보겠다."

그들은 지호를 붙잡아두고 갖은 말로 인신공격하며 자기들끼리 크게 웃었다. 그러곤 가지고 있던 돈을 몽땅 빼앗아갔다. 용돈을 받은 지 얼마 되지 않아서 지갑에 용돈이 거의 다 들어있었는데 뺏기는 거 말곤 할 수 있는 게 없었다. 그 자리에 있던 현성이 자신을 도와주길 바랐으나 그저 웃으며 보고만 있었다. 그건 상관이 없었다. 문제는 그날 이후로 현성의 주도 아래 학교 내에서 괴롭힘이 시작되었다. 쉬는 시간에는 지호를 향해 학용품이 날아왔고, 급식실에서는 음식물이 날아왔다. 그 모든 걸 그냥 감내해야 했다. 지호와 친했던 친구들은 점점 지호를 멀리했다. 지호의 곁엔 아무도 남지 않았다. 즐겁기도 하고 지루하기도 했던 학교생활은 이제 두려움으로만 가득 찼다.

공부할 수 있는 마음 상태가 전혀 아니었지만 이러다가 더 큰 일이 날 것 같아서 공부를 조금씩 하기 시작했다. 고등학교에 입학하기 전엔 상위권에 들 만큼 공부했고 꾸준히 줄넘기한 덕분인지, 원래 그때 커야 할 운명이었던 건지 키는 평균 정도로 자랐다. 겨울방학엔 곱슬머리도 펴고 운동을 더 해서 몸도 키웠다. 다행히도 고등학교 때까지 왕따가 이어지지는 않았다. 그런데도 1년 반 동안 당한 학교폭력이 지호에겐 충격과 두려움으로 마음 한쪽에 남아있었다. 겨우 사귄 친구들의 작은 말과 행동에도 예민해져서 눈치를 보게 됐다. 친구와의 관계가 조금이라도 틀어질까 봐 노심초사했다.

"그래서 그런지 내가 유독 화가 나는 포인트가 있어. 내가 생각하고 계획했던 것이 틀어졌을 때야. 틀어지면 나 스스로 완벽해지지 않을 것 같아. 그러면 사람들이 나를 못났다고 생각할 거고, 나는 세상에서 혼자가 될 거야. 이런 생각 때문에 불안하거든. 그 불안함이 화로 표출이 돼. 물론 인생사가 내 마음대로 되지 않는다는 건 잘 알아. 그래도 머리로 아는 거랑은 다르더라. 언제까지 이렇게 살 수 없으니 책을 읽으며 자신을 위로해 줬어. 나한테 집중하며 마음의 방에 남아있던 두려움을 거의 없앴다고 생각했는데, 아직은 완전히 치유되지 않은 거 같아. 그래서 가끔은 오늘처럼 짜증이 나와. '아무도 나를 모질게 볼 수 없어. 나를 모질게 몰 수 있는 건 나뿐이야.'라면서"

말을 마친 지호는 쓴웃음을 지었다. 은솔은 지호가 오늘 왜 그렇게 행동하고 생각했는지 이해가 되었다. 감정이 나오는 과정을 세세하게 잘 아는 지호가 대단해 보였다. 지호는 좀 더 생각하더니 말을 이었다.

　"누나는 유독 화나는 순간이 언제야?"
　"난 잘 모르겠어."
　"내가 감히 말해도 되는지 모르겠는데, 내가 생각했을 땐 누나가 유독 화내는 순간은 비교당할 때 같아."
　"다른 사람과 비교하는 소리를 들으면 누구나 기분 나쁘지 않아?"
　"그렇지. 근데 누나는 다른 사람보다 유독 심해."

　지호의 이야기를 듣고 자신을 돌이켜보니 진짜 그랬다. 자신이 비교당하면, 그냥 기분이 살짝 나쁘고 말 일에도 격분하거나 며칠 밤을 자지 못하고 분노했다. 특히 엄마가 자신을 다른 사람과 비교하면 단 한마디에도 몸이 아플 정도로 정신적으로 고통 받은 적이 많았다. 은솔은 자신보다 자신을 더 잘 아는 지호가 신기했다.

　'연인이면 당연히 밑바닥까지 보이게 되어서 지호가 알아

차렸겠지.'

은솔은 오늘 지호의 마음을 잘 이해해 주지 못해서 미안
했다.

"누나의 마음속에 어떤 아이가 울고 있길래 그렇게 화내
는지 궁금하네. 어릴 때 유독 화났거나 불편했던 기억 없
어?"

은솔은 그런 순간마다 자신이 왜 그렇게까지 심하게 화내
는지 이해할 수 없어서 이야기하지 못했다. 사 온 한라산도
다 마셨겠다, 지호와 산책 겸 바다로 나갔다. 어제의 해변과
다르게 사람이 거의 없고 파도 소리만 울려 퍼졌다. 한참 파
도 소리를 들었다. 은솔의 숨겨진 아픔이 고개를 내밀었다.

엄마와 동생 주은이와 마지막으로 목욕탕에 갔던 스무 살
때였다. 어릴 때부터 한 달에 한 번씩 엄마랑 동생이랑 목
욕탕에 다녔다. 따뜻한 물에 몸을 녹이고 때를 깨끗하게 미
는 행복을 일찌감치 깨달은 덕분에 목욕탕에 가기를 즐겼
다. 따뜻한 물에 몸을 담그니 딱 기대했던 것만큼 몸이 노곤
해졌다. 시간이 적당히 지나 때를 밀 차례였다. 서로의 등을

밀어주며 때를 모아서 밥 위에 올려주겠다는 둥 장난도 쳤다. 그러다가 갑자기 은솔의 등을 밀던 엄마가 멈칫하더니 사람이 많은 곳에서 큰 소리로 미친년이라며 쌍욕을 퍼부었다.

"엄마가 남자 친구랑 성관계하지 말랬지!"

그때 은솔은 대학교 1학년이었고, 남자 친구와 첫 관계를 한 지 몇 개월이 지난 때였다.

'엄마는 대체 어떻게 알았을까? 몸에 아무런 표시도 없었는데 내 몸의 어렴풋한 변화를 직감으로 눈치챈 것일까?'

어찌 되었든 사람들은 은솔을 쳐다보았고 주은이도 어리둥절해했다.

"사람들 쳐다보잖아. 조용히 말해."

엄마한테 속삭였다. 엄마는 다른 사람의 시선은 아랑곳하지 않고 또다시 쌍욕을 퍼부으며 때 수건을 벗어 던졌다.

"네 동생은 저렇게 순수하게 있는데 너는 더럽게 뭐 하는 짓이야! 네가 창녀냐?"

은솔은 살면서 느꼈던 수치심 중에서 가장 심하게 느껴졌다. 힐끔거리는 주은이의 시선도 수치스러웠다. 심장이 두근거리고 진땀이 났으며 온몸이 뻣뻣하게 굳었다. 그 뒤로도 엄마의 쌍욕과 아직 순수한 동생과의 비교가 이어졌다. 자리를 빨리 피하고 싶었으나 몸이 굳어서 아무것도 할 수가 없었다. 엄마가 때를 다 밀고 정리할 때까지 기다려야만 했다. 그 후로는 엄마랑 주은이와는 절대 목욕탕에 같이 가지 않았다. 그렇게 수치심을 주고도 명절만 되면 같이 목욕탕에 가자고 하는 게 이해되지 않았다. 어릴 때부터 엄마는 은솔과 주은이를 비교하며 키웠다.

"주은아, 공부하는 습관은 제발 은솔이 언니에게 좀 배워 봐."

"은솔이가 주은이보다 숙제도 잘해 가고 성적도 잘 나오네."

"은솔이가 주은이보다 얼굴이 훨씬 예쁘고 남들한테 싹싹하게 잘하지."

이처럼 은솔이 우위에 선 이야기를 들을 땐 우월감에 뿌듯했다. 하지만 엄마는 여기서 그치지 않았다.

"주은이가 그림 솜씨는 훨씬 낫네. 이것 봐 봐. 너랑 선이 다르지?"

"주은이 비율 좀 봐 봐. 딱 붙는 청바지를 입어도 태가 난다니까. 너는 바지 어울리지 않잖아."

"주은이가 언니인 너보다 낫네."

이렇게 은솔이 열위에 선 이야기를 들을 땐 좌절감이 들었다. 목욕탕 사건 후로는 엄마가 주은이와 자신을 비교하면 별거 아닌 말에도 손발이 저리고 눈이 뒤집힐 정도로 화가 났다. 비교당하는 은솔 안의 아이가 계속 마음속에서 울고 있었다.

이야기를 조용히 듣고 있던 지호가 은솔의 이야기를 다 듣고 입을 뗐다.

"누나는 다른 사람을 잘 위로해 주잖아. 다른 사람 말고, 수치심을 느꼈을 때의 자신을 위로해 준 적 있어?

"아니, 한 번도…."

은솔은 놀라며 고개를 좌우로 흔들었다.

"지금까지 살아온 자신을 꼭 안아줘 봐. 지금까지 충분히
잘해 왔다고. 마음이 힘든 순간에도 잘 버텨줘서 고맙다고."

지호의 말에 은솔은 울컥하며 눈물이 나오려고 했다. 지
호는 어떤 감정을 느껴도 다 괜찮다고 안아주었다. 긍정적
인 감정과 부정적인 감정이지, 좋고 나쁜 감정은 아니라고
사람이면 모든 감정을 다 느낄 수 있으니 우리가 할 일은 그
때 자신의 감정을 받아들이고 위로하는 것뿐이라고 속삭였
다.

——#

은솔은 지호와의 첫 여행이 떠오르자 이 대리에게 화난
부분을 돌아보게 되었다. 분을 참지 못하고 모임 사람들
과 연락을 다 끊어버린 것이 후회되었다. 물론 그들을 이해
할 수 있게 된 것은 아니었다. 하지만 그때 이런 자신을 바
로 알았더라면 이 대리한테 "나는 비교하는 이야기를 싫어
해요"라고 말할 수 있었고, 화가 폭발하면서 갑자기 인연을

확 끊지 않고 자연스럽게 점점 멀리할 수도 있었을 것이다. 은솔은 한숨을 깊게 내쉬었다. 지호가 있었다면 어떻게 위로해 줬을까를 생각하자 더 슬퍼졌다.

13

"언니가 남자 친구가 없다니… 어색해."

은솔은 근무 시간에 뜬금없이 미현에게 카톡 메시지를 했다. 미현은 은솔이 오늘 회사에 별로 일이 없나 싶었다. '월급 루팡'을 할 수 있는 직장인이 부럽기도 했다. 무표정으로 "ㅋㅋㅋㅋㅋㅋ"라고 답장을 보낸 뒤 이어서 "나도 남자 친구 없는 나 자신이 어색해 죽겠다."라는 답장을 보내자 바로 1이 사라졌다.

"해랑 오빠는 생각하지 말고 남자 소개받을래? 진짜 괜찮은 사람이야."

역시 이유가 있었다. 집에 와서 얘기하면 될 거를 빨리 알려주려는 은솔이 귀여웠다. 뭐 하는 사람인지 물었다.

"국내 1티어 게임 회사 재직 중, 연봉 8000, 외모 언니 스타일, 키 180, 판교 자가에 거주"

소개받을 남자의 대략적인 스펙을 보내주었다. 자신은 다른 사람에게 어떤 스펙으로 소개될지 궁금했지만, 굳이 은솔에게 묻지 않았다.

약속 장소를 찾아 강남역 11번 출구로 올라갔다. 누군가를 기다리는 많은 사람이 있었다. 은솔에게 받은 사진과 비슷한 사람이 있는지 주변을 살폈다.

'제발 사진과 비슷해야 할 텐데….'

약국 앞에 있는 사람이 사진과 가장 비슷해 보여 말을 걸까 고민하다가 모른 척하고 휴대폰만 쳐다봤다. 소개팅남에게서 전화가 걸려 왔다. 약국 앞에 있는 그 사람이 맞았다. 외모와 키는 합격이었다. '은솔아, 고맙다'라고 속으로 환호

했다.

"안녕하세요. 김미현 씨 맞으시죠?"
"네, 안녕하세요. 박성준 씨?"

그렇게 서로를 알아본 뒤, 성준이 예약한 레스토랑으로 향했다. 한순간도 정적을 용납할 수 없다는 듯 서로 어색한 대화를 이어 갔다. 게임 회사에서 개발자로 일하는 성준은 자신이 만든 모바일 게임에 대한 프라이드가 강했다. 평소 모바일 게임을 전혀 하지 않는 미현이었지만 자기가 하는 일을 좋아하는 거 같아 멋있었다. 음식을 주문하고 자연스레 일하는 시간 외에 무엇을 하는지에 대한 이야기도 나왔다. 성준은 여행을 좋아하는 사람이었다. 직업 특성상 쉴 때가 잘 없지만 프로젝트 하나가 마무리되면 쉬는 날엔 어김없이 어디로든 떠난다고 했다. 짧게 쉬면 서울 근교라도 가고, 길게 쉬게 되면 거의 해외로 간다고 했다.

"자연을 마주하거나 한 번도 해보지 않은 것을 했을 때 벅차오르는 감정 알죠? 저한텐 그게 일상을 살게 해주는 힘인 거 같아요."

성준은 말을 마치고 빙긋 미소를 지으며 미현을 그윽하게 쳐다봤다. 소개팅 자리에서 할 수 있는 격식이 차려진 대화지만, 젠틀하고 배려심 있는 말투에서 성준의 성품을 느낄 수 있었다. 좋은 사람이었다. 은솔은 자신을 어떻게 생각하길래 이렇게 좋은 사람을 소개해 주는 걸까 싶었다.

식사 후에 성준의 리드로 근처 칵테일 바로 향했다. 어느 정도 어색하지 않은 분위기가 되자 성준은 귀엽게 자기 어필을 했다. 세계에서 알아주는 게임 회사에 다니고 있다는 장점과 여자인 친구가 없어서 여자 문제로 속 썩을 일이 없다는 장점을 부담스럽지 않게 이야기했다. 자기 자랑을 허세가 아니고 저렇게 귀엽게 할 수 있다니, 저것도 재능이라고 생각했다.

"미현 씨는 어떤 스타일의 남자를 좋아하세요?"

"여유가 넘치다 못해 권태로워 보이는 사람이요."

미현은 자기도 모르게 해랑에 대해 읊고 있었다. 미현의 마음을 모르는 성준은 미현이 특이하다며 웃어넘겼다.

"남자 친구가 생기면 가장 먼저 뭘 하고 싶으세요?"

성준은 자신이 마음에 드는 것이 분명했다. 질문이나 눈빛이 그랬다. 미현은 알 수 없는 지루함에 자리를 빨리 파하고 싶었다.

"언니, 어찌 됨?"

집에 오자마자 은솔이 자신에게 눈을 반짝였다.

"사람 진짜 좋아 보이더라. 네가 만나지, 왜 내게 소개해 준 거야?"

미현은 가방을 내려놓으며 조용히 말했다.

"난 연하가 좋단 말이야. 아무튼 그래서 나 미리 설레도 돼?"
"문제는 이성으로 느껴진다거나 하지 않았어."
"에? 뭐야. 첫 만남에 그러면 나가린데."

은솔은 무척이나 아쉬워했다.

"난 나쁜 남자한테 끌리나 봐."

"언니, 이제 정신 좀 차려. 잘생긴 다정함이 세상을 구한다고."

은솔은 미현에게 장난식으로 이야기하곤 까르르 웃으며 화장실로 향했다. 소개팅에서 첫인상이 이렇게 괜찮은 사람을 또 만날 가능성이 현저히 적다는 건 미현도 잘 안다. 이십 대 때 여러 번 소개팅하며 첫인상이 희한한 별의별 인간을 다 만나봤기 때문이다. 마침 애프터가 들어와 성준을 한 번 더 만날까 싶었다. 하지만 거절했다. 혹시나 해랑에게 연락이 올까를 기대하는 걸 보니 미현에겐 다른 사람이 마음에 들어올 여유가 없는 것이 분명했다.

14

은솔은 본가에 가져갈 짐만 간단히 싸고 카페 야경에 들렀다. 은솔의 똑단발은 쾌활하게 흔들렸지만 눈밑에는 그늘이 지고 눈빛은 명했다. 미현은 은솔 특유의 밝음이 사라진 게 마음이 아팠다.

"언니, 설 연휴 동안 본가에 내려갔다 오려고. 언니는?"
"난 장사해야지. 명절 지나고 주말에 아르바이트생 오면 그때 가야지."
"그럼, 나 먼저 다녀올게! 집 잘 지키고 있어."

은솔은 이번에 엄마가 하는 비교 발언에도 화내지 않으리라는 각오를 단단히 하고 본가로 갔다. 각오가 무색하리

만큼 명절은 평온했다. 주말 아침의 햇살 같은 엄마의 냄새가 집 안 곳곳에 배어 있고, 늦잠도 잘 수 있어서 기분이 좋았다. 부모님은 싸우지 않았고, 올해는 명절 음식의 양도 적어서 준비하는데 힘들지 않았다. 그냥 먹을 반찬을 만든다고 생각하니 수월했다. 오래간만에 마음 편히 쉬는 느낌이었다. 지호 생각도 어느 때보다 덜 났다. 주은은 명절에 맞춰 개봉한 히어로 영화를 보러 가자고 제안했다. 은솔은 영화 보는 동안 지호 생각이 나지 않을 것 같아 적극적으로 찬성했다.

"주은이가 엄마 겨울옷 한 벌 사줬다?"

은솔은 그 옷이 뭔지 보러 엄마를 따라 방으로 들어갔다.

"이것 봐 봐. 예쁘지? 주은이가 옷 보는 안목은 너보다 훨씬 뛰어나."
"아악! 엄마! 또! 앞에 말만 하면 되지. 꼭 뒤에 이상한 말을 해!"

별거 아닌 말인 걸 알지만 은솔은 마음속에 스파크가 튀었다.

"왜? 사실을 말한 건데…"

엄마는 놀라면서 말끝을 흐렸다.

"비교하는 말은 제발 좀 빼달라고!"

은솔은 버럭 소리쳤다. 울분이 끓어 눈물까지 흘러나올 기세였다. 옷을 갈기갈기 뜯고 싶은 충동이 들었다.

'단단히 각오하고 내려왔는데도 왜 화가 나는 걸까? 왜 집을 다 부수고 싶을 정도로 부글부글하는 걸까? 엄마한테 그런 식으로 말하지 말라고 몇 번이나 이야기했는데 대체 왜 계속 그러는 걸까?'

아빠와 주은이가 큰 소리를 듣고 달려왔다.

"사랑하는 와이프와 착한 따님, 진정하고 얼른 나갑시다."

아빠가 엄마와 은솔의 사이에 껴서 사람 좋은 웃음을 보였다.

"엄마, 또 이상한 소리 했지? 맨날 하지 말라는 데도 계속 하네? 언제부터 안 그럴 건데?"

주은이는 역시 은솔의 편이었다.

"알겠어. 미안해. 얼른 가자. 영화 시간 늦겠다. 앞으로 안 그럴게."

영화를 보러 온 우리 가족을 남들이 언뜻 보면 화목한 가정이라고 생각하겠지만 은솔의 마음엔 응어리가 계속 남아 있었다. 본가에 올 때 편하지만은 않고 불안한 구석이 있었던 이유가 다 이것 때문이라는 생각에 짜증이 올라왔다. 고작 비교하는 말 한마디에 이렇게까지 울분이 터지는 자신이 싫었다. 울분이 터지는 사람으로 만든 엄마가 원망스러웠다. 안온했던 주말 아침의 햇살 같던 엄마 냄새까지 싫어졌다.

15

마음이 풀리지 않은 채로 다시 서울로 올라오는 길이라 그런지 특히 더 추웠다. 옷깃을 아무리 여며도 패딩을 아무리 꽁꽁 싸매도 채워지지 않는 따듯함에 몸이 움츠러들었다. 은솔은 늘 그랬듯이 겨울이면 한껏 우울해져 맥을 못 췄다. 자고 일어나면 봄이기를 바라며 하루하루 보낸다. 지호를 만나는 동안의 겨울에는 봄을 찾지 않았었다. 겨울이어도 지호가 따스하게 옆에 있었기 때문이다. 엉덩이가 가볍고 시끄럽게 사는 그녀와 다르게, 지호는 진중했고 조용히 살았다. 그런 그의 일상이 시시하기보단 안정되어 보였다. 지호가 지닌 안정감이 늘 그녀 곁에서 꺼지지 않는 난로와 같아서 은솔은 그와 함께한 겨울은 겨울이라고 생각하지 못했다.

#은솔, 27세 12월, 회상 – 메리 크리스마스

눈 내리는 크리스마스 날이었다. 은솔이 고대하고 고대한 휴일이지만 바깥의 들뜬 분위기와 은솔의 분위기는 달랐다. 그녀는 부장님께 혼난 일로 인해 마음이 지쳐 있었다. 부장님이 한 말이 머릿속에서 떠나지 않았다.

"시안 세 개가 다 엉망이야. 네 것보다 지나가는 아무나 붙잡고 만들어보라고 해서 나오는 시안이 더 낫겠다."

지호는 은솔의 집으로 왔다. 은솔은 오늘은 우울하다며 밖에 다니기 싫다고 했다. 좀 더 예쁘게 말해 주지 않은 부장님이 미웠고 디자이너로서 진짜 재능이 없는 건지 자책했다. 지호는 그녀의 이야기를 다 들어주었다.

"누나, 내가 책에서 봤는데, 다른 사람이 한 기분 나쁜 말은 쓰레기래. 그래서 그거를 곱씹는 건 그 쓰레기를 계속 가지고 다니고 있는 거래. 누나는 부장님이 준 쓰레기를 계속 가지고 있는 거니까 쓰레기 버리자."

"그런 정답 같은 이야기하지 마! 넌 직장 생활도 안 해 봤잖아! 애써 이해하는 척 흔한 조언하지 마!"

은솔은 지호의 말을 듣고 더 화가 나 소리를 버럭 질렀다.

"나는 누나를 백 퍼센트 이해 못 하겠지. 누나의 삶을 다 모르고, 나는 아르바이트만 해보고, 직장인은 해보지 못했으니까. 하지만 지금 누나의 감정을 공감할 순 있어. 누나가 얼마나 힘든지 알아서 내 마음도 너무 아파. 이해할 순 없어도 힘들어하고 있는 사랑하는 사람의 마음은 위로해 주고 싶어."

지호가 은솔의 손을 잡았다. 은솔은 지호의 손을 가만히 쳐다봤다. 자기 손이 따듯해졌다는 걸 느꼈지만 뿌리쳤다.

"몰라. 다 힘들어."
"일단 나가자. 좀 움직이자. 누나, 감정을 회피하라는 게 아니야. 걸으면서 같이 생각을 정리하자. 같이 걸어줄게."

은솔은 옷을 대충 따듯하게만 걸쳐 입고 나섰다. 화려한 청계천 거리로 지호가 이끌었다. 날씨는 추웠지만 들뜬 사람들과 예쁘게 꾸며진 크리스마스 조명 사이로 눈을 밝으며 걸었더니 은솔은 저절로 생각이 정리되었다. 밖에 그렇게 나오기 싫었는데, 막상 나와서 나뭇가지에 핀 눈꽃과 크리스마스 야경을 보니 부장님 정도는 용서가 되었다. 그는 남에게 인신공격해야 이긴 것처럼 생각하는 사람이었다. 좀 더 생각해 보니 인신공격보다 가르치려 드는 말투에 기분이 나빴다. 스스로를 너무 높게 평가해서 누군가가 자신을 가르치려 들면 화가 났다. 우주에서 보면 똑같이 먼지 같은 존재인데 스스로를 높게 평가한 자신이 웃겼다.

'다음부터는 가르치려고 할 때 무조건 우울해하지 말고 잘 들어봐야겠어. 레퍼런스를 더 모아보기도 하고.'

가르치려고 하는 것 때문에 더 화났다는 걸 알게 되자 금세 기분이 풀렸다.

"지호야! 나오길 정말 잘했다."

밝아진 그녀의 모습을 보고 지호도 미소를 지었다. 올해 크리스마스는 성공적이었다. 기분이 좋아진 채 집으로 돌아와 잠들기 전 지호에게 장문의 카톡 메시지가 도착했다.

"사랑하는 은솔, 내가 아직 학생이라 크리스마스에 좋은 곳에 데려가는 사람이 못 되어서 미안해. 그래도 누나 마음을 위로해 주는 사람은 되어주고 싶어. 오늘 비싼 곳엔 못 갔지만 누나와 함께 걸었던 청계천 거리와 누나의 웃는 모습은 너무 예뻤어. 사랑해. 그리고 시간 없겠지만 틈날 때마다 누나 개인 작업도 해보면 좋겠어. 난 누나 그림이 엄청 좋거든. 은솔이가 뭘 해도 늘 응원할게."

은솔의 첫 회사 생활은 말을 심하게 하는 부장님 빼고는 다 좋았다. 일단 디자인하는 일은 재미있었고 직장 동료들도 좋았다. 보통 공공의 적이 하나 있으면 직장 동료들끼리 친해지는 법이다. 은솔과 동료들에겐 그게 부장님이었다. 하지만 이겨낼 수 없는 사건이 터졌다. 회사 측의 일방적인 통보였다. 회사가 어려워졌다는 이유로 디자인팀 사원을 모두 프리랜서로 전환하겠다며 갑자기 사장님이 사원 한 명한 명을 직접 면담하기 시작했다. 프리랜서가 싫으면 회사를 나가야 한다고 통보했다. 은솔이 면담할 차례가 되었다.

"장 사원은 우리 회사 외주 일을 받는 식으로 프리랜서가 된다면 지금 월급보다 더 받을 수 있을 거예요."

"돈을 더 주면 회사가 더 힘들어지는 거 아닌가요?"

"장 사원만 해당하는 거죠. 업무 능력이 좋고, 우리 회사를 잘 알고 있어서 우리 회사에서 외주 일을 받으면 돈이 더 되죠."

"프리랜서는 한 번도 생각해 본 적이 없어서 생각 좀 해 보고 다음 면담 때 말씀드리겠습니다."

며칠 뒤 친했던 직장동료 모두가 각자의 선택을 했다. 원래 개인 작품에 관심이 더 있었던 사원은 이 회사에서 외주를 받아 프리랜서로 일하며 개인 작품에 집중하기로 했고, 안정적인 급여를 원하는 사원은 그냥 퇴사하기로 협의를 보는 등 각자의 이유로 선택이 나뉘었다. 은솔은 아무리 계산해 봐도 프리랜서로 전환된다면 정규직보다 돈을 더 많이 못 받을 거 같았다. 외주 일이 없을 때도 분명히 있을 테고. 여러 계산을 따져보니 달콤한 말로 프리랜서가 되라고 구슬린 사장님에게 화가 났다. 은솔은 결정했다. 3년을 채우기까지 석 달이 남았는데, 석 달만 정규직으로 해서 3년을 채우고 퇴사하는 것으로 협의했다.

그 후 은솔은 퇴근 후에 튼튼한 광고 회사들을 알아보고 지원서를 넣었다. 남은 연차를 쓰면서 면접도 세 번 봤다. 최종적으로 지금 다니고 있는 마음커뮤니케이션에 합격했다. 이직을 준비하는 동안 앞으로 먹고살지 못할까 봐 불안했던 마음이 놓였다. 공백기 없이 이직해서 다행이었다.

3년을 딱 채우고 퇴사하는 날, 지호는 은솔이 마치는 시간에 맞춰 회사로 달려왔다. 은솔은 직장 동료들과는 밝게 인사하고 나왔지만, 지호의 얼굴을 보자 눈물이 쏟아졌다.

"이렇게 좋은 직장 동료는 또 못 만날 거 같아. 너무 보고 싶어."

"누나, 영원한 건 없어. 누나의 선택이 옳은 것도 그른 것도 아니지만 선택했으니 이제 옳게 만드는 과정만 있어. 3년간 누나의 직장 동료들과 일하는 게 익숙해서 그래. 누나한테는 직장 동료들이 참 감사하고 고마운 사람이었구나."

"그냥 프리랜서로 계속 다닐 걸 그랬나?"

"아냐. 누나, 선택 잘했어."

"안정적이지 못해도 친한 사람들이랑 같이 다닐걸."

"안정적인 급여를 못 받고 불안정하게 될까 봐 지난 삼 개월 동안 걱정하면서 힘들어했잖아. 직장 동료들이 보고 싶어도 자신이 힘들었으니까."

"이럴 줄 알았으면 불안정한 거 좀 더 참을 걸 그랬나?"

"아냐. 참았다면 직장 동료들이 눈에 안 보였을 거야. 누나 힘든 것에 집중됐을 거야."

감정이 중심을 잡지 못하고 어두운 길을 정신없이 헤맬 때면 항상 지호는 밝은 달처럼 감정을 바로잡아서 길을 안내해 줬다.

——#

16

#은솔, 29세 11월, 회상 – 당연해질수록

 공기가 차가워지기 시작하면, 따듯한 전기장판 위에서 지
호의 목소리에 안겨 같은 책을 읽고 서로의 마음과 가치관
을 존중하는 시간을 자주 가졌다. 지호는 은솔의 어떤 이야
기도 존중해 주고 자기의 어떤 이야기도 거리낌 없이 했다.
은솔이 싫어하는 자신의 어떤 모습까지 존중해 주는 지호
덕분에 초겨울 새벽녘의 공기가 더욱 그녀를 포근하게 감
싸주는 것 같았다.
 지호와 함께할수록, 늘 불안했던 은솔의 마음도 안정되어
갔다. 하지만 그 안정감이 지호와 헤어지던 해의 초겨울에
는 지루함으로 여겨졌다. 전혀 새롭지 않고 온통 재미없는

것이 천지였다. 지호가 자신을 먼저 떠나주기를 빌면서 지호와 약속 장소로 갔다. 유명한 맛집답게 사람이 빽빽하게 앉아있었고 주방에서부터 맛있는 냄새가 풍겨 나왔다. 배가 상당히 고팠음에도 불구하고 은솔은 음식이 전혀 기대되지 않았다. 세상 지겨운 표정으로 지호 앞에 앉았다. 지루해서 친구가 보낸 메시지만 봤다. 친구가 연애 문제로 힘들어했다. 평소 같으면 친구 연애 상담을 남자 입장에서는 어떻게 생각하는지 지호에게 물어보고 함께 친구 걱정을 할 텐데 지호에게 알려주기도 귀찮았다. 지호는 심각한 일이냐고 물었지만, 별일 아니라고 대답했다. 혼자 심각하게 친구와 계속 메시지를 이어갔다.

"누나, 무슨 일 있어?"

지호는 은솔의 표정을 살폈다. 안색이 좋지 않다며 걱정했다.

"아니."

은솔은 때마침 음식이 나와주어 다행이라고 생각했다. 이 마음을 지호한테 말할 수 없었다.

'분명 처음에 내가 먼저 지호를 사랑해서 우리가 시작했

는데 어쩌다….'

  은솔은 언젠가부터 다른 사람의 시선이 들어오기 시작했다는 걸 깨달았다. 남들이 보기에 멋진 커플이 되어야 했다. 지호는 어리고 잘생긴 남자 친구여야 했다. 조금이라도 편하게 온 날은 지호에게 그 어떤 마음도 생기지 않았다. 또 그가 학생이었음에도 다른 커플들처럼 해외여행을 해야 한다거나 기념일에는 과한 지출을 해야 했다. 지호와 다른 커플을 비교하며 사랑은 바닥나고 허영만 남았다.

  한 달 전, 추석을 포함한 긴 연휴를 앞둔 시기의 점심시간이었다. 은솔뿐만 아니라 직장 동료들 모두가 조금만 버티면 푹 쉰다는 생각에 눈빛이 살아있었다. 다들 광대뼈도 티나지 않게 조금 올라간 듯했다. 상여금이 생각보다 많이 나왔을 때 빼곤 사무실 분위기가 이렇게 좋은 적은 없었던 것 같다. 기분 좋은 날이라 다른 날보다 조금 비싼 밥을 사 먹기로 해 직장 동료 3명과 함께 회사 근처 초밥집에 자리 잡았다.

  "이번 연휴 장난 아니야. 추석이랑 한글날이랑 주말까지

합쳐서 총 9일이나 쉬어."

"이런 해가 잘 없다고요. 흥분되어서 요새 통 잠을 못 자고 있어요."

"황금연휴가 직장인에게 빚이고 소금이네요."

은솔도 동감하며 초밥을 입에 넣고 고추냉이의 알싸함을 입 안에서 즐기고 있었다. 다들 오래간만에 있는 황금연휴에 흥분을 감추지 못했다.

"나, 월요일에 연차 하나 더 붙여 써서 혼자 동유럽에 다녀오려고."

동유럽이라는 말에 김주희 대리에게 시선이 집중되었다.

"긴 연휴 때 꼭 가고 싶었어. 짧은 연휴 때 가려면 비행기 타다가 볼 일 다 보잖아. 너희는 어디 가?"

연휴만 되면 혼자서 세계 각지를 돌아다니는 김주희 대리가 신기했다. 최 사원은 비장하고 들뜬 목소리로 이야기했다.

"저는 남자 친구랑 베트남에서 놀고먹다 죽을 준비 중이에요. 구석구석 돌아다니면서 놀고먹을 예정이거든요."

최 사원은 동남아 특유의 공기가 좋다고 했다. 은솔도 동감했다. 여름을 좋아하는 은솔은 동남아 국가의 공항에 내리자마자 더운 기운이 확 몰려오는 걸 좋아했다. 더운 공기를 음미하듯 숨을 들이마시면 동남아 특유의 향신료 향까지 맡아지는 걸 상상했다. 다른 남자 사원은 여자 친구가 출장으로 미국에 있어서 미국에 다녀온다고 했다. 은솔은 미국에는 한 번도 가보지 않았는데 다들 어쩜 저렇게 해외를 잘 다니는지 부러웠다. 부러워하던 도중 질문이 은솔에게 왔다.

"저는 남자 친구랑 2박 3일로 강원도 속초에 가요."
"그래? 속초 잘 놀다 와서 남은 연휴 동안 푹 쉬는 것도 좋지."

은솔은 이상하게도 기분이 좋지 않아져서 멍하니 듣기만 했다. 가성비 생각해서 예약한 숙소부터 동선까지 하나같이 마음에 들지 않았다. 고속버스를 타고 강원도로 향하는 길이 지루하고 따분하게 느껴졌다. 2인실이 있는 게스트하우스에 짐을 푸는데 앞에 바다가 보여도 기분이 좋지 않았다. 바로 옆 호텔이 더 눈에 들어왔다. 아바이마을에 순대를 먹으러 가서는 다양한 음식을 시키지 못하는 지호를 보면서 짜증이 났다. 그렇게 가고 싶었던 속초까지 와서 바다 냄새를 맘껏 맡고 있는데도 기분이 좋지 않았다. 2박 3일 동안 머릿속에는 지호에 대한 불만뿐이어서 바다나 음식이 은솔을 만족시키지 못했다.

비교가 은솔을 덮치기 전에는 지호와 옆 동네만 나가도 여행하는 기분이었다. 큰돈을 들여 비행기를 타고 외국에 나가지 않아도, 지하철을 타고 가도 여행하는 것 같았다. 동네마다 각기 다른 특색을 자랑하는 듯했다. 청파동의 아기자기함, 서촌 마을의 잔잔함, 성수동의 청년다움, 해방촌의 고즈넉함, 신사동의 우아함, 을지로의 레트로함 등 동네마다 분위기가 독특했다. 지호까지 옆에 있으니 더 바랄 게 없었다. 또 여의도공원이나 영등포 타임스퀘어는 TV 프로그램에서 자주 보던 곳이라 새삼 신기했다. 지호도 같이 신기해했다. 역사 여행을 하는 재미도 쏠쏠했다. 고개만 돌리면 우리나라의 소중한 유적지와 기념관과 박물관이 많았다. 도시 전체가 여러 권의 역사책 같았다. 지호와 함께하는 모든 순간이 행복했었는데….

속초 여행 이후부터일까 어쩌면 그 전부터였을까. 은솔은 계속 지호를 친구의 남자 친구와 비교하며 자기도 모르는 사이에 불만이 쌓였다. 그렇지만 은솔은 마음을 다잡고 지호를 사랑하려고 노력했다. 노력으로만 되지 않는 건지, 그 뒤로도 지호랑 있는 시간이 지루했다. 심지어 정말 맛있는 맛집을 어렵사리 예약해서 갔는데 차라리 친구들이랑 오고 싶었다. 예쁜 카페에 자리 잡아 캐모마일 차 두 잔을 시킨 뒤 각자 읽을 책을 폈다. 은솔은 차도 마시기 싫고 책도 읽기 싫었다. SNS에는 친구가 프로포즈로 받은 명품백과 고가 브랜드의 웨딩 반지 사진이 올라왔다.

"내 친구 곧 결혼한대."

"그때 웨딩 사진 보여줬던 누나 고향 친구?"

"응. 나는 결혼 언제 해?"

"나 취업하면 계획해 보자."

"진짜 진지하게 생각하는 거야? 어떻게 대충 대답할 수 있어?"

은솔은 한숨을 크게 쉬었다. 그리고 큰 소리를 냈다.

"대충이라니? 나 진심이야. 빨리 취업하려고 내가 어떻게까지 하는지 알아?"

"취업? 취업하면 다 되는 줄 알아? 결혼은 애들 장난도 아니고. 너 요즘 서울 집값이 얼만진 알아? 못해도 전셋값은 얼만지 알아? 결혼 비용은? 구체적인 계획이 하나도 나오질 않잖아."

"불안해하지 않아도 돼. 누나 옆에 계속 있을 거야."

성가시다는 듯이 대답하는 지호의 말투에 은솔은 눈물이 차올랐다.

"싫어. 내가 네 옆에 있기 싫어. 네가 네 살 어려서 내가 기다려야 하는 것도 싫어. 나는 너 못 기다릴 거 같아. 졸업하고 바로 취업 안 되면? 난 못 해. 너 불안해서 못 만나겠어."

지호에게 비수를 꽂았다. 해서는 안 되는 말을 일부러 했다. 제발 지호가 먼저 자신을 버리길, 그리고 지호가 상처받길 원하면서 말이다. 지호는 취업할 때까지만 기다려 달라며 그 뒤로 만날 때마다 꽃 한 송이씩을 선물했고 매일 저녁 은솔을 향한 감사 일기 다섯 문장을 적어서 메시지로 보냈다. 꽃송이가 모여 은솔의 마음속에서 꽃다발이 활짝 피며 감사의 향기가 진해질 때 다시 지호에게 설레게 되었다. 한결같고 늘 변치 않을 남자, 고쳐 달라고 이야기하면 고치려고 노력하는 남자, 다정하게 안아줄 수 있는 남자, 언제나 자신의 마음을 어루만져 주는 남자.

'그래. 이런 애랑 어떻게 헤어져.'

11월 30일 지호의 생일이 되었다. 은솔은 요란스럽게 축하해 주고 싶지도 않았고 선물도 고르기 귀찮았다. 은솔은 자기 자신이 이해되지 않았다. 매년 지호의 생일 일주일 전부터 선물을 준비하면서 지호가 자신의 선물을 받고 좋아할 거라는 기대에 사로잡혀 지냈다. 이번 생일엔 손을 잡고 대형 쇼핑센터를 지나쳐 가는데 지호의 선물을 사줄까 싶었지만 굳이 행동으로 옮기진 않았다. 지호는 큰 꽃다발을 안고 가는 연인을 보고 슬퍼진 듯했다. 은솔은 그런 지호를 모른 척했다. 지금까지 잘 축하해 줬으니 한 번의 생일은 조용히 넘어갈 수도 있다며 합리화했다. 그냥 레스토랑에 가서 비싼 밥을 사주기로 했다. 잘 먹고 계산하는 순간이었다. 지호를 위해 쓰는 돈이 아깝게 느껴졌다.

'헤어질 때가 되었구나.'

──#

은솔은 지호와 헤어지려 했던 자신이 원망스러웠다. 엄마의 비교하는 언행이 빼닮아 있었다. 다른 사람과 지호를 비교해 지호에게 자신과 같은 상처를 줘 버렸다. 지호의 수많은 장점으로는 만족하지 못했던 자신의 과오에 이제야 가슴이 아팠다.

'지호에게 그런 마음이 들지 않았다면 권태기도 오지 않았을까?'

후회하고 또 후회했다.

17

또다시 심연 같은 밤이 시작되었다. 밤엔 고통을 자세히 들여다볼 수 있다. 오로지 고통만이 자신을 잘 들여다볼 수 있게 해준다. 고통의 파편이 몸 구석구석으로 퍼지면 숨어 있던 세포들이 하나씩 자기주장을 하는 것을 세밀하게 느낄 수 있기 때문이다. 기쁨의 파편은 세밀하게 느껴지지 않는다. 향유할 뿐이지. 사랑하는 사람을 두 번 다시 보지 못하는 고통이 가장 슬프지 않을까? 심장에서 찢어진 지호와의 이별 파편이 온몸 구석구석으로 향했다. 파편은 핏줄을 따라 손과 발끝까지 흘러가서 손과 발을 저리게 하고, 내장으로 간 파편은 꽃을 피워서 아무것도 먹지 못하게 했다. 파편은 눈으로도 가서 눈물이 절로 흐르게 했다. 머리로 간 파편은 은솔 자신을 들여다보게 했다. 사랑하는 시간에 지호에게 진심이지 않았던 순간을 자책했다. 다른 남자와 비교하느라 온전히 지호로서 사랑해 주지 못한 자신의 졸렬함, 영원히 지호가 자신의 옆에 있을 줄 알았던 오만함, 직장인이 아니라는 이유로 자신보다 한참 어린 지호를 무시했던 교만함, 자신에게 무조건 맞춰달라고 떼쓰는 이기적인 태도, '나는 늦게까지 놀아도 되지만 너는 일찍 들어가야 한다'라며 내로남불 식으로 생각했던 일이 스쳐 갔다. 지호가 아니었으면 이렇게나 자신이 찌질한 사람인지 몰랐을 것이다. 끝나지 않는 심연의 밤 동안 끊임없이 지난날의 자신을 미워했다.

'다시 너를 만날 수 있다면 이 모든 것을 다 고치고 너를 너답게 사랑해 줄 수 있을 텐데….'

#은솔, 29세 12월, 회상 – 심연의 밤

은솔은 지호에게 시간이 필요하다고 말했다. 서로의 관계를 생각해 보는 시간을 일주일 정도 보내자고 했다. 지호와 함께하기도 싫은데 헤어지기는 더 싫었다. 자신의 마음을 종잡을 수 없었다. 지호 없이 혼자 생각해 볼 시간이 필요했다. 은솔은 자신의 마음 방향이 지호와 함께하는 쪽으로 흐르길 바랐다. 하지만 지호와 연락하지 않는 동안의 삶이 더 편하다는 걸 알았다. 은솔은 지호에게 헤어지자고 말해야 하는 게 마음 아팠다. 좋은 사람이었기에 상처 주기가 싫었다. 신발장을 열었다. 지호가 선물해 준 연분홍색 단화가 보였다. 좀 더 편하게 걸으라며 은솔의 발에 딱 맞춰 제작한 수제화였다. 은솔은 그 신발을 꺼냈다. 신발을 선물하면 선물 받은 상대가 도망간다는 속설을 믿기로 했다.

'이건 다 지호 탓이야. 지호가 나한테 신발을 선물해서 그래.'

연분홍색 단화를 매일 신은 지 일주일도 채 안 되어 지호에게 카톡 메시지가 왔다.

"누나"

5일 만이었다. 심장이 철렁 내려앉았다.

'지호는 과연 어떤 결론을 내렸을까?'

이것이 현실이라고 파악되자 관자놀이에서 땀이 흐르

고 손이 떨려왔다. 은솔은 메시지로는 대화하기 싫으니 한 번 만나자고 제안했고 지호는 동의했다. 지호와 만나기로 한 시간이 점점 가까워졌다. 지호를 보면 어떤 표정을 지어야 할지 무슨 말을 해야 할지 몰라 머리가 복잡했다. 아침에 어떻게 일어났는지, 출근은 어떻게 했는지, 일은 어떻게 했는지 기억이 나질 않았다. 지호와의 만남을 준비하기 위해 할 수 있는 것을 했다. 은솔은 지호를 만날 때는 입지 않았던 얼마 전에 산 흰색 원피스를 입기로 하고, 회사 점심시간을 이용해 미용실로 향했다. 헤어 디자이너가 잠시만 기다려 달라며 따뜻한 커피를 은솔에게 건넸다. 은솔은 커피를 마시며 원두의 향을 음미했다. 커피를 다 마시니 은솔의 차례가 되었다. 지금 옷이랑 잘 어울리는 머리로 드라이해 달라고 부탁했다. 미용실에서 드라이한다고 점심을 걸렀는데도 배가 고프지 않았다. 복잡한 생각이 위장까지 비집고 들어간 듯했다.

퇴근 후 지호에게 메시지가 왔다. 평범한 단어가 나열된 짧은 문장이었지만 읽기가 힘들었다.

"지하철 역에 도착했어."

지호를 보고 무슨 표정을 지어야 할지, 어떤 말을 해야 할지 은솔은 아직 정하지 못했다. 은솔은 내릴 역에서 지하철 문이 열리자 가슴을 진정시키며 개찰구로 향했다. 지호가 다가오고 있음을 느꼈다. 심장에서부터 뜨거운 무언가가 온몸으로 퍼졌다. 그렇게 다시 만난 지호는 그녀가 사랑했던 모습 그대로였다. 너무 잘 어울리는 흑발로 이마를 덮고 뺨은 어린아이처럼 발그레했다. 그녀가 가장 사랑한 가로로 길게 찢어졌지만, 큰 눈을 쳐다봤다. 겨울같이 예뻤던 눈동자가 슬픈 눈빛으로 대답해 주는 것 같았다. 그가 입을 떼기 시작하자 중저음인 그의 목소리가 한 음절 한 음절 귀로 들어와 심장으로 꽂혔다.

"안녕? 가자."

마지막을 암시하는 듯한 지호의 목소리를 들으니 눈물을 주체할 수 없었다. 은솔의 눈물을 보지 못한 건지 뒤돌아서 바로 앞장섰다. 둘은 아무 말 없이 자주 가던 삼겹살집으로 들어갔다. 자리에 앉자마자 은솔은 또 눈물이 주르륵 흘러내렸다. 왜 우냐고 지호가 물었던 거 같다. 어떻게 삼겹살을 먹었는지, 그녀는 어떻게 눈물을 그쳤는지 기억이 나지 않는다. 아무 말도 없었지만, 약속이나 한 듯 술 한 모금 없이 식사를 끝냈다는 정도만 기억난다.

삼겹살집을 나와 지호가 어느 카페로 갈지 물었다. 은솔은 2층에 있는 프랜차이즈점 카페를 가리켰다. 은솔과 지호는 아무 말 없이 카페로 향했다. 삼삼오오 모여서 수다를 떨기도 하고 집중해서 공부하거나 노트북을 보고 있기도 했다. 종업원들은 원두를 갈아 커피를 내렸다. 카페 안은 원두 향으로 가득해 은솔의 머리를 어지럽혔다. 은솔과 지호는 캐모마일 차를 시켰다. 자리에 앉자마자 은솔은 준비나 한 듯이 하염없이 눈물을 흘렸다. 은솔의 의지와는 상관없었다. 가만히 있어도, 무슨 말을 해도 눈물이 흘렀다.

지호의 손은 가지런히 테이블 위에 있었고 손끝에는 힘이 잔뜩 들어가 보였다. 마음의 준비가 되었다며 은솔의 눈을 마주치지 않고 말을 뗐다. 은솔은 뭐라고 말할 수도 없이 울기만 했다.

"내가 너무 사랑하는 사람이라, 누나와 함께라면 뭐든 잘 이겨낼 줄 알았는데 나 솔직히 이제 지쳐."

"미안해."

"나는 누나 행복하게 해주고 싶은데 누나는 이제 나와 있으면 행복하지 않은 거 같아. 나는 누나의 행복하지 않은 모습을 더 보기가 힘들어."

"미안해. 미안해."

"누나가 행복하지 않으니 내가 떠나는 게 맞는 거 같아. 처음엔 무엇이 누나를 질리게 했는지 자책도 많이 했는데…."

"그런 거 아니야."

"나는 누나한테 모든 순간 최선을 다했어."

"난 못 했던 거 같아. 미안해."

"아냐, 누나도 자책하지 마. 누나도 분명 최선을 다했어. 내가 느꼈어."

"정말 미안해."

"미안해하지 마. 우리 인연이 여기까지인가 봐. 그만하자."

은솔은 정신없이 울어서 그 후의 대화는 기억나지 않았다. 하지만 한 가지는 확실했다. 이제 지호는 더 이상 은솔을 위해 존재하지 않았다. 지호 앞에 앉아 몇 시간 동안 눈물을 흘리고 있는데 울지 말라고 안아주지도 않았고, 심지어 눈물 한 번 닦아주지 않았다. 카페 앞에서 서로의 갈 길을 가기 전 지호가 했던 마지막 말이 떠올랐다.

"혹시나 너무 자책하지 마. 누나가 그렇게 생각하는 것만큼 나한테 잘못하지 않았어. 누난 충분히 나를 온전히 사랑해 줬어. 난 그걸 느꼈으니 누나 옆에 계속 있었던 거야. 난 누나를 통해 매우 행복했고, 많은 것을 배웠어. 해보지 않을 것도 누나 덕분에 많이 했어. 내가 누나를 더 행복하게 해주지 못했던 게 아쉽지. 하지만 난 최선을 다했어."

함께했던 3년의 세월이 끝났다. 이 시간이 지나면 은솔은 지호의 캐모마일 향을 맡지 못할 것이다.

18

은솔은 알 수 없이 속이 갑갑해 한숨을 길게 내쉬었다. 이 한숨이 현재의 은솔을 자각하게 했다. 은솔은 지호와 헤어졌고, 지호가 너무 보고 싶었다. 다 자신의 마음이 못난 탓이라고 생각했다. 그래서 차마 지호한테 연락도 할 수가 없었다. 퇴근길에 사람들이 정신없이 은솔을 부딪치며 지나쳐 가지만 상관없었다. 시원한 바람이 불어오자, 살짝 기분이 좋아졌다. 그러다 바람 사이로 갑자기 익숙한 향기가 났다. 날씨로 인해 좋았던 기분이 심연의 끝으로 사라져 버렸다. 여전히 길을 가다 지호와 비슷한 향기만 나면 혹시 지호일까 봐 걸음을 멈추고 주변을 살폈다. 하루에 몇 번이고 그렇게 기대하고 실망했다. 권태기가 심했을 때가 생각이 났다. 은솔은 하늘에 소원을 빈 적이 있다.

"나를 한결같이 사랑해 주는 너의 손을 나는 차마 놓지 못하니, 네가 내 손을 놓고 멀리멀리 가버리기를⋯."

결국 은솔이 원하는 대로 헤어졌다. 이번에는 하늘에 다시 한번 간절히 빌었다.

"다시 내 손을 잡아주기를, 다시 나를 한결같이 사랑해 주기를, 그때 그 모습으로 나를 사랑해 주기를, 또 한 번 내가 원하는 대로 이뤄지기를⋯."

지호처럼 좋은 남자는 없을 것 같았다. 지호 생각에 은솔은 눈물이 났다. 지인들은 지호를 '전 남자 친구'라고 불렀지만 은솔은 과거로 여길 수가 없었다. 은솔에겐 여전히 지호가 현재였다.

'네가 어떻게 내 과거가 될 수 있겠니. 너는 나의 현재여야만 해.'

은솔은 눈물을 다 쏟아내서 더 슬퍼할 수 없을 때까지 울었다. 하지만 이내 다시 눈물이 가득 차고 그것을 슬픔과 함께 다 쏟아내기를 반복했다. 미현이 일을 마치고 집으로 들어오자 은솔이 펑펑 울고 있었다.

"언니! 나 지호가 너무 보고 싶어."

얼마나 울고 있었던 건지 은솔의 눈은 팅팅 부어 있었다. 미현은 은솔이 정신이라도 잡고 있기를 바라는 마음에 카페 손님들에게 많이 들었던 근처 점집을 소개해 줬다. 은솔은 혹시 정말 재회가 이뤄지지 않을까 하는 기대감에 미현이 알려준 점집으로 바로 전화했다. 이번 주 주말로 예약을 잡았다. 패기롭게 예약을 잡았지만, 점을 보러 가본 적이 없어서 두려웠다. 걱정하고 또 걱정하다가 예약 시간이 가까워지자 잘 떨어지지 않는 발걸음을 억지로 옮겨서 점집에 도착했다.

점집은 일반 빌라에 있었다. 문 앞엔 "정화 선녀"라고 노란색으로 크게 쓰여 있었다. 은솔은 심호흡을 세 번 정도 하고 벨을 눌렀다. 생각과는 다르게 예쁜 여자분이 문을 열어주었다. 나이는 은솔과 비슷해 보였다. 머리는 비녀로 곱게 꽂고, 연분홍빛 한복을 단정하게 입고 있었다. 예약했다고 말하려고 하는 걸 예쁘다고 말할 뻔했다.

"아, 장은솔 씨? 이쪽으로 들어오면 됩니더."

친근한 사투리가 귀에 꽂혔다. 다행히도 향냄새가 진한 것 빼곤 평범한 가정집 같아서 마음이 놓였다. 티브이에서 본 그런 점집의 분위기는 아니었다. 정화 선녀는 거실에서 잠시 대기하라고 했다. 거실 소파에 앉아 꺼져 있는 티브이 화면을 쳐다봤다. 검은 화면에 자신의 실루엣이 보였다. 정화 선녀는 주방에서 능숙한 손길로 차를 두 잔 만들더니 방으로 들어가자고 해서 은솔은 그녀를 따라갔다.

놀랍게도 방문을 열자 티브이에서 본 그런 새빨간 점집 분위기가 났다. 향냄새가 거실에서보다 진하게 은솔의 코로 들어왔다. 살짝 어지러운 듯했다. 한쪽 벽면에 탱화가 있고 그 아래 선반의 향꽂이에 다 탄 향이 잔뜩 꽂혀 있었다. 무섭게 생긴 알 수 없는 동상과 단색으로 이뤄진 색색의 깃발은 은솔을 더욱 위축되게 했다. 정화 선녀는 찻잔을 테이블 위에 놓고 앉으라고 했다.

"무서워 안 해도 된다카이. 우리 선생님들이 니 무서워한다고 귀여워하시네."

"네?"

"아, 내가 모시는 선생님이 세 분 계시거든. 세 분 다 니 너무 귀여워한다."

은솔은 자신을 귀여워해 주니 기분이 좋았지만 소름이 돋아 어색하게 웃었다. 은솔은 자기 표정에서 티가 다 나서 저렇게 이야기하는 걸까 의심했다. 의심의 눈초리로 안내하는 자리에 앉았다. 앉자마자 정화 선녀가 바로 말을 꺼냈다.

"헤어진 남자 문제로 왔제?"

은솔은 말문이 막혀서 아무 말도 하지 못했다.

'이게 무릎도 닿기 전에 꿰뚫어 본다는 그런 건가?'

놀라서 대답하지 않고 있자 정화 선녀는 은솔의 눈을 쳐다보며 말을 이었다.

"그런데 지금 그 남자애 새로운 여자 생기지 않았나?"
"그건 잘 모르겠어요."
"둘이 아직 사귀지는 않는데 곧 사귀겠디."
"네? 벌써요? 그럼 저는 어떻게…?"
"잠깐만."

정화 선녀는 눈을 감고 방울이 잔뜩 달린 막대를 앞뒤로 흔들었다. 방울 소리가 멈추고 정화 선녀는 갑자기 눈을 번쩍 떴다. 은솔은 정화 선녀와 눈이 마주치자마자 깜짝 놀랐다.

"아따. 이 남자애 지금 다른 여자도 만나고 싶다는 생각이 강하네. '난 아직 어리고 창창해. 다른 여자도 만나보고 싶어.' 이런 생각이다. 남자애가 니보다 좀 어렸나?"

은솔은 소름이 돋아 더듬으며 네 살 어렸다고 대답했다. 식은땀이 등줄기로 흘러내렸다.

"지금으로서는 니가 어떤 말과 행동을 해도 돌아오진 않을 거라. 남자애 마음을 돌리기엔 역부족이거든."

제일 궁금했던 지호와 재회할 수 있는지를 물어보았다.

"재회 바라나? 그건 쪼까 어렵지 않을까 싶네. 내가 모시는 선생님들이 기대하면 기대할수록 니만 상처받고 실망한다고 한다카네. 그리고 남자애는 뭐랄까. 니에 대한 생각이 '이젠 신뢰할 수 없다' 이렇게 생각하고 있단다."

은솔은 자기가 그렇게 만든 상황 같아서 마음이 쑤셨다.

"니가 적극성이 떨어져가 헤어졌다카네. 이제 와가 와카노?"

"그러게요….."

"남자애가 그렇게 행동하는 니 보고 '이게 맞는 건가?' 하는 식으로 생각 마이 하게 만들었다. 그래가 계속 사귀어야 할지 말지 판단을 내리게 했던 걸로 보이네."

은솔은 권태기가 왔던 자신이 생각나 눈물이 고였다. 눈물을 떨어뜨리지 않으려고 주먹을 꽉 쥐었다. 정화 선녀는 울어도 괜찮다며 휴지를 건넸다.

"칸데 방법은 다 있다! 부적 쓰면 무조건 재회할 수 있데이"

"부적… 비싸지 않나요?"

"20만 원!"

은솔은 20만 원에 진짜 지호와 재회를 할 수 있는지 의심이 들었다. 그러면 부적만 있으면 헤어진 모든 세상 사람이 다 재회가 가능한 건가 싶었지만 더 의심하기에는 지호가 너무 그리웠다. 무조건 재회할 수 있는 건지 재차 물어보았다.

"효험은 석 달 안에 무조건 나타난다. 남자애 맘을 니 쪽으로 확 움직여뿌게 하고, 니 생각 많이 나게 한다."

은솔이 주저하는 듯하니 정화 선녀는 말을 이었다.

"선택은 니가 하는 거다. 근데 다른 여자도 생기고 니한테 이미 마음 정리도 끝나서 방법이 이것밖에 없다카이. 원래부터 오래갈 연인이었는데 지금 삐끗해뿐긴데, 아직 남은 인연이 길다 보니 재회하면 오래 만날끼라."
"원래 오래갈 인연이었으면 부적 없이도 가능성이 있는 게 아니에요?"

은솔은 대답을 기다리며 흐르는 눈물을 휴지로 닦았다. 울음을 참으려고 해도 눈에서는 눈물이 흘러내렸다.

"아이다. 신의 장난이라 안 된다. 그걸 원앙신이라고 한다. 원앙신이 사람을 홀려놓는 거지. 원앙신은 시집 장가 못 가보고 죽은 귀신들이다. 캐서 긴 인연을 끊기 위해 질리게 하고 새로운 이성을 찾게 하거든."
"사실 제가 먼저 권태기가 왔거든요."
"본래 오래갈 인연이나 중간에 끊긴 사람들 째 뺏다. 내도 부적하라고 아무한테나 말 안 한다. 부적으로 안 되는 사람들 태반이거든. 왜냐하면 내 해보니까 짧은 인연은 부적으로 효과 보기 힘들더라."

은솔은 눈물을 뚝뚝 흘렸다. 원앙신이 진짜 있는 건지 원망스러웠다. 휴지로 눈물을 닦아 내었다. 정화 선녀가 은솔의 마음을 읽기라도 했는지 이어서 말했다.

"인간들은 항상 신들에게 휘둘리는 존재다. 그걸 막아줄 필요가 있다. 부적으로 원앙의 눈을 가릴끼라. 아예 떨치려면 굿까지 해야 하는데 니는 그럴 필요까진 없고. 눈만 가리면 된다. 그럼 남자애가 니 옆에 딱 붙어 있을끼라. 니도 권태기 없이 남자애 옆에 붙어 있을끼고. 효험은 무조건 보장한다!"
"그럼 할게요."

효험을 보장한다는 정화 선녀의 말에 은솔은 다른 선택의 여지가 없었다.

"카면 부적은 내가 모시는 선생님과 소통하고 부적을 쓴 뒤에 그걸 다시 기도해서 줘야 하거든. 한 일주일 걸린다.

일주일 뒤에 다시 와가꼬 받아 가면 된다. 그거 받아 가 지갑에 석 달 동안 넣고 다니면 된다."

이게 진짜인지 가짜인지가 은솔에겐 중요하지 않았다. 지푸라기라도 잡는 심정으로 은솔은 부적을 믿어보기로 했다. 주말에 은솔은 백화점에서 예쁜 카드 지갑 하나를 삼 개월 할부로 샀다.

19

은솔은 서울에서 자취를 시작하고는 불면의 밤을 자주 맞았다. 서울의 야경이 화려해서일까? 잠을 이룰 수 없는 밤이 지속되었다. 지호와 헤어진 뒤엔 더욱 뒤척이게 되었다. 부적이 든 지갑을 꼭 안고 잠을 청해 보지만 쉽사리 잠들지 못했다. 은솔은 자기 자신이 한심했다.

'세상 모든 것과 지호를 비교해서 헤어져 놓고 인제 와서 부적을 사다니.'

뭐 하는 짓인가 싶었다. 유튜브를 보다가 재회 주파수 영상이 은솔의 눈에 띄었다. 알고리즘은 어떻게 은솔이 재회를 원한다는 걸 알고 이런 걸 띄워준 건지 신기했지만 더는 생각하지 않고 영상을 얼른 클릭했다. 주파수가 헤어진 인연과의 재회할 수 있게 하는 원리라고 했다. 도통 이해가 되지 않았다. '좋아요'와 구독자 수를 늘리려는 수작인가 싶어 댓글 창을 열었다. 자기 전이나 일상 중 틈틈이 들었더니 재회에 성공했다는 글이 많았다. 1시간짜리 재회 주파수 영상을 틀었다. 부적이 든 지갑도 꼭 붙잡았다. 이런 희망이라도 없으면 착착 굴러가는 것처럼 보이는 자신의 인생이 전부 무너져 내려버릴 것만 같기 때문이다. 지호 생각을 하지 않으려고 할수록 지호와 함께한 추억 한 조각이 선명하게 떠올랐다.

#은솔, 28세 4월, 회상 – 벚꽃

"벚꽃은 너무 예쁜데 한순간이야. 아쉬워."
"그럼 아쉽지 않게 이 순간에 더 집중하자."

지호는 은솔의 다리를 베고 하늘을 보며 누웠다. 따스한 봄바람이 불며 지호의 얼굴 위로 연분홍색 꽃잎 하나가 떨어졌다. 은솔은 꽃잎을 손으로 치워줬다.

"지호야, 우리는 순간이지 않겠지? 평생 헤어지지 않겠지?"

지호는 치워준 벚꽃을 보며 대답했다.

"은솔이가 나를 떠나지만 않으면."

은솔은 안정된 마음으로 나뭇가지에 피어 있는 벚꽃을 바라보았다. 많은 꽃잎이 흩날리고 있는데 나뭇가지에도 벚꽃이 풍성했다. 봄, 그것도 딱 한 달도 안 되는 봄에만 느낄 수 있는 행복을 만끽했다. 아마 지호도 같은 마음이지 않을까 생각했다. 은솔은 지호의 긴 속눈썹을 만졌다. 지호는 그녀의 손길을 느끼며 눈을 감았다. 은솔의 손길이 멈추자 지호는 다시 눈을 떴다. 지호의 속눈썹에 가려진 눈동자는 벚꽃보다 예뻤다. 문득 은솔은 두려운 마음이 들었다.

"내가 너 싫어졌다고 차버리면?"
"힘들겠지만 그게 누나 선택이라면 받아들여야지."
"안 돼! 받아들이지 마! 만약 그러면 난 분명 몇 개월 뒤에 후회할 거야!"
"누나가 끝이라고 하면 나는 진짜 끝이야. 과거로 돌아가는 건 없어."

"내가 막 붙잡고 울어도?"

"그래, 그 생각은 하지 말자. 지금 누나를 사랑하는 것에 충실해지고 싶어."

"아니, 만약에, 만약에."

"만약이 어딨어. 누나, 난 진짜 다시 돌아서지 않아. 그게 마지막 배려지."

"너무해! 그땐 네가 나 잡아줘? 응응?"

"그런 생각은 하지 말고, 지금 나를 더 사랑해 줘. 지금 누나가 떠날 건 아니잖아? 같이 눕자. 벚꽃 날리는 하늘이 참 예뻐."

　　——#

지호와의 추억이 꼬리를 물고 이어지려고 할 때 마침 엄마에게 전화가 왔다.

"주은이는 엄마한테 용돈도 많이 주던데 너는 그런 것도 없어?"

"제발!"

은솔은 빽 소리를 질렀다. 단전에서 뜨거운 무언가가 심장으로 올라가는 게 느껴졌다. 매번 비교하지 말라고 하는

데도 대체 왜 그런 건지 이해가 되지 않았다. 제발 좀 하지 말아 달라고 계속 부탁하기도 쉽지 않은데 참 대단했다.

"왜 소리를 쳐!"

엄마는 깜짝 놀라 덩달아 화를 내었다.

"용돈 달라고만 하면 되잖아. 굳이 비교하는 말을 붙여야겠어?"

"그렇게 화낼 일이야? 뭐가, 그냥 그랬다는 거 알려주는 거지."

엄마는 뭐가 잘못됐는지 모르는 거였다.

"나 어렸을 때 엄마가 친구랑 통화하면서 미용실 하는 아저씨에 대해 얘기하는 거 다 들었어!"

은솔은 속에서만 맴돌던 말이 입 밖으로 튀어나왔다. 자신의 입을 급하게 틀어막았지만, 더는 말을 잇지 못하는 엄마의 침묵에서 엄마의 마음이 짐작되었다. 큰 잘못을 한 것 같아 서둘러 전화를 끊었다.

정확하게 기억은 나지 않지만 대략 초등학교 저학년 때였다. 아빠와 동생이 없던 어느 날 밤, 아마 아빠는 직장 상사의 부친상으로 장례식장에 갔고 동생은 친구 집에서 자고 올 때였다. 잠에서 살짝 깼을 때 거실에서 통화하는 엄마 목소리가 소곤소곤 들렸다. 밖으로 나가 엄마의 다리를 베고 누워 있고 싶어서 몸을 일으켜 방문을 열려고 했다.

"난 남편 잘못 만난 것 같아. 돈도 많이 못 벌고, 지금까지 꽃다발 한 번 사 온 적이 없어."

엄마와 아빠가 싸웠었나 싶은 내용의 통화가 들리자 차마 문을 열 수가 없었다. 방문 앞에 덩그러니 서 있었다.

"이번 남자 친구는 꽃도 틈만 나면 사다 주고 맛있는데 데려가고, 날 만나면 쓰는 돈이 얼만지 몰라."

'남자 친구라니? 엄마가 남자 친구라니? 엄마의 남자 친구는 대체 누구란 말인가?'
남자 친구가 누군지 듣기 위해 귀를 더 기울였다. 짐작에는 우리 집 앞에서 미용실을 운영하는 그 아저씨인 듯했다.

'엄마가 꽃꽂이를 배운다며 가져온 꽃들은 전부 그 아저씨가 준 걸까?'

"남편은 센스도 없고 친구도 별로 없고 남자가 돼 가지고 리더십도 없어. 대체 왜 결혼한 건지. 그래도 지금 남자 친구는 센스도 있고 모임도 많이 하고 모임에서 장까지 맡을 정도로 리더십이 있더라고. 남자는 그래야지."
'이걸 아빠가 알면 안 될 텐데….'

은솔은 자기도 알 수 없는 감정이 덮치며 심장이 세게 뛰고 손이 떨렸다. 화가 난 건지 슬픈 건지 속상한 건지 알 수가 없었다. 그냥 알 수 없는 감정에 손이 떨릴 뿐이었다.

"요즘 남편만 있는 여자가 어딨냐? 다 남자 친구 한 명씩은 있어야지. 그래도 너는 남편이 다정해서 좋겠다? 부러워."
'세상에서 내가 제일 사랑하는 엄마가 나쁜 행동을 할 리가 없다. 나를 얼마나 많이 사랑해주는 사람인데 그런 짓을 할 리가 없다. 나는 진정할 필요가 있다.'

은솔은 그런 당황스러운 마음을 느끼기가 싫었다. 그리고 며칠 뒤 아빠가 엄마의 휴대폰을 확인하길래 뭘 보는지 슬쩍 봤다. 멀리서 봐도 엄마 친구랑 미용실 아저씨에 대해 나눈 문자 메시지를 읽는 듯했다. 아빠는 한숨을 내쉬었다. 머릿속이 하얘지며 순간 머리가 핑 돌았다. 엄마의 통화를 들은 그날처럼 알 수 없는 감정이 은솔을 감쌌다.

'엄마와 아빠는 이제 이혼하는 것일까? 그럼 나는 두 사람과 함께 살 수 없게 되는 것일까?'

하지만 아빠는 그 일을 엄마에게 꺼내지 않았다.

'어쩌면 나보다 더 빨리 알고 있었던 것일까?'

하지만 며칠이 지나도 아빠랑 엄마의 사이는 여전히 같았다.

'아빠가 저렇게 덮고 가는 걸 보니 역시 엄마가 나쁜 게 아니다. 나를 엄청나게 사랑해 주는 엄만데 나쁘지 않다. 다 아빠 탓이다. 정말로 아빠가 정말로 못나서 그런 거다. 아빠가 정말 그 남자 친구라는 사람보다 너무나 못났으니까.'

그날 느꼈던 알 수 없는 감정이 다시 은솔을 감쌌다. 너무 놀란 은솔은 이 좋지 않은 듯한 감정을 회피해 보려 했으나 지호가 해줬던 이야기가 떠올랐다.

'그 어떤 감정을 느끼는 나도 괜찮다. 부정적인 감정이 나쁜 게 아니다. 부정적인 감정을 느낄 수도 있다. 부정적인 감정을 느끼지 않는 사람이 비정상적인 사람이다. 나는 정상인이니 충분히 느낄 수 있다. 다 괜찮다. 피하지 않아도 애써 숨기지 않아도 된다.'

그러면 이 알 수 없는 감정은 무엇일까?

20

　미현은 설 연휴에 매출이 꽤 있어 바쁜 와중에도 해랑의 연락을 기다렸다.

　'그래도 설날인데 안부 인사라도 해주겠지.'

　하지만 1월 1일에도 없던 그의 안부 인사는 당연히 설날에도 오지 않았다. 먼저 안부 인사를 해서 또 읽고 씹힐 용기는 없어서 기운만 더 빠질 뿐이다. 기다림은 뭘 해야 할지 모르겠는 순간의 연속이다. 늘 허공을 떠도는 것 같다. 그렇다고 미현이 아무것도 하지 않는 건 아니었다. 오히려 무엇인가를 더 찾아서 했다. 가만히 있자니 해랑 생각 때문에 어둠으로 빠져들어 영영 나오지 못할 것 같은 느낌이 들었다. 쉴 새 없이 집중할 것이 필요했다. 평소 잘 치우지 않던 방과 화장실을 청소한다거나, 집을 꾸민다거나 책을 더 읽거나, 쿠키 맛을 구상한다거나, 집중할 일은 많았다. 그런데 무엇을 해도 미현은 마음이 잡히지 않았다. 지금 이 1초 다음에 뭘 해야 할지 몰라 순간순간 자신을 살펴야 했다. 원예가는 정원을 꾸밀 때 전체적인 구상을 하고 세밀하게 꾸며 나간다. 원예가처럼 주목표를 구상하고 하루 목표를 세밀하게 다듬어 나갔다. 하지만 미현의 마음 한편에 조용한 슬픔이 서려 있었다.

어느새 기다리는 게 적응이 되었는지 자기 삶에 집중할 수 있는 쾌감에, 좀 더 기다릴 수 있을 거 같다는 교만한 생각이 스멀스멀 올라왔다.

'오빠 생각을 하지 않기 위해 지금 이 순간에 집중하는 건데, 이렇게 순간순간에만 집중하고 살았던 적이 있었나? 좀 더 천천히 나에게 와도 된다. 그저 오기만 하면 된다.'

그러다 문득 해랑이 다른 여자랑 즐기고 있을 수도 있다는 생각이 들 때면 당장 집착하고 싶었다. 하지만 그렇게 하면 훗날 친한 사이로도 만날 수 없게 된다는 걸 20대 여러 번의 썸으로 깨달았다. 그냥 계속 자기 삶에 집중했다. 언제 연락해 줄지 모르는 해랑을 기다리면서. 자기를 잘 돌봐 나가다가도 한 주의 끝이 되면 왈칵 우울함이 쏟아졌다.

'이번 주도 오빠의 연락은 오지 않았구나.'

명절이 지나고 가게가 한가해진 평일에 고향인 대전에 내려왔다. 멀지 않은 곳이라 가벼이 다녀올 수 있지만, 장사 때문에 자리 비우기가 힘들다는 핑계로 자주 가지 않았다. 어린 시절부터 쭉 슈퍼마켓이었던 곳이 이번에 가보니 편의점이 되어 있었다. 달라진 건 슈퍼뿐만 아니었다. 여러 가게가 다른 가게로 바뀌어 있었다. 큰길 너머의 동네에는 신도시가 생긴다며 어마어마하게 많은 아파트가 지어지고 있었다. 세상에서 가장 편안하지만 가장 낯설어진 동네 가운데 있는 아파트로 들어갔다.

'집 비밀번호가 뭐였지?'

순간 도어록 비밀번호가 기억나지 않아 당황스러웠으나 이내 곧 손끝이 자동으로 비밀번호를 누르고 있었다. 비밀번호 누르는 소리를 듣고 엄마는 현관까지 달려 나와 오랜

만에 온 딸을 반겨 주었다. 엄마 얼굴의 주름이 눈에 띄게 늘어 있었다. 언제나 그 자리에 그 모습으로 계셨으면 하는데 세월이 흐르는 게 원망스러웠다.

'자주 찾아뵐걸.'

본가엔 여전히 새벽 공기 같은 냄새가 곳곳에 배어 있었다. 점심시간에 맞춰 와서 그런지 이미 한 상 가득 음식이 차려 있었다. 자신은 엄마처럼 가정을 가꾸며 딸에게 헌신적으로 살 수 없을 거라는 생각이 강하게 들었다. 집에 있는 줄도 몰랐던 아빠는 거실에서 보던 티브이를 끄고 식탁으로 다가왔다.

"한국인 선수가 해외리그로 계속 나가니 축구 볼 맛이 좋네."
"응."

엄마가 요리하는 동안 아빠는 축구를 보고 있었나 보다. 미현은 아빠가 자신에게 말하는 듯했으나 뭐라고 대답해야 할지 몰라 퉁명스럽게 단답으로 대답했다. 그리고 밥을 먹는 데 집중했다.

"요즘 무슨 일로 남자 친구가 없어?"

상에 차려진 음식을 다 먹지도 못하고 배가 부르려던 무렵에 엄마가 말을 꺼냈다. 미현은 한숨이 나왔다. 자신이 더 궁금한 질문이다.

'난 요즘 왜 남자 친구가 없을까?'

"누나, 오늘 휴무 아니야? 뭐 해?"

마침 미현의 휴대폰에 카톡 알림이 울렸다. 은솔이네 회사에서 한 달 정도 단기 아르바이트로 있었던 다섯 살 어린 동생이다. 은솔이가 이 친구랑 친해진 덕분에 미현도 같이 술을 마시다가 번호 교환까지 하게 되었다. 외모도 훤칠하고 성격은 순한 거 같아 사귀기 딱 좋지만 잘 모르겠다. 이 친구의 마음을 잘 알지만 그래도 아직 확실하게 선을 긋지 않고 있다. 이 친구마저 없으면 더 무너질 거 같아서다.

'내가 해랑 오빠를 기다리는 것처럼 얘도 나를 기다리고 있는 것일까? 그렇다면 이 메시지를 보내는 데 얼마나 용기를 냈을까?'

"엄마, 내가 남자 친구가 없지, 남자가 없지는 않아."

미현은 휴대폰을 보며 대답했다. 엄마는 깔깔 웃었다.
"엄마가 볼 땐 준수가 너 좋아한다. 걔는 마음 다치게 하지 마."
"무슨 소리야. 준수 이야기가 아니야. 그리고 걔가 남자라니."

미현은 마음에서 무언가 따가운 것이 올라왔다.

'나 좋다는 남자는 내가 좋아하지 않는다. 이기적이지만 그건 상관없다. 내가 좋아하는 사람이 날 좋아하지 않는 거만 신경이 쓰인다.'

미현은 해랑에게 오지 않은 연락이 생각나 우울해졌다.

'보고 싶다. 보고 싶어.'
"김미현, 그렇게 외롭냐? 외로워 죽겠어? 남자 없이 못 살아?"

말 한마디 없이 밥만 먹던 아빠가 갑자기 숟가락을 세게 식탁에 내려놓으며 미현에게 소리쳤다. 미현은 깜짝 놀랄 새도 없이 심장에서 알 수 없는 것이 부글부글 끓어올랐다. 심장이 터지지 못해 분노 섞인 말이 대신 터졌다.

"아빠 때문이잖아. 아빠가 날 이렇게 만들었잖아. 엄마랑 나한테 관심이라도 있었어? 아빠 힘든 거에 갇혀서 엄마랑 나를 회피하기만 했잖아. 나 크는 동안 내내 외롭게 했잖아."

미현은 화는 머금고 있지만 일정한 톤으로 말을 쏟아냈다. 미현을 바라보는 아빠의 눈빛이 흔들렸다. 미현은 개의치 않고 벌떡 일어나 방으로 들어갔다. 초등학교 때 미현은 남의 집 방 한 칸에서 살았고 입을 것이 없어서 매일 주황색 바지에 흰색 티만 입고 다녔다. 주황색 바지가 너무 튀었던 탓일까? 악의 없던 순수한 친구들은 물었다. 왜 맨날 똑같은 옷만 입냐고. 미현의 얼굴은 새빨개졌지만, 특유의 침착함으로 당황하지 않고 나긋하게 같은 옷을 여러 벌 샀다고 했다. 자신만 매일 같은 옷을 입고 다닌다는 걸 알게 되자 순간 너무 부끄러워서 자신도 모르게 튀어나온 거짓말이었다. 그때 아빠는 하염없이 티브이만 보고 있었다. 집에 먹을 게 없을 때도 아빠는 하염없이 티브이만 보고 있었다. 미현이 엄청 아플 때도 아빠는 하염없이 티브이만 보고 있었다.

21

똑똑똑. 미현이 자신의 방 침대에 누워서 화를 삭이고 있는데 노크 소리가 들렸다.

'아빠가 사과하러 들어온 걸까?'

기대와 다르게 문이 조심스레 열리더니 엄마가 미안한 표정을 가득 안고 들어왔다. 엄마는 먼저 아빠가 말을 꼭 이상하게 한다며 뒷담화했다. 미현도 동의했다. 엄마는 곧 나가봐야 한다고 했다. 엄마 친구가 옆 동네 점집을 추천해 줬는데 용한 곳이라고 소문이나 5개월 전에 어렵사리 예약한 곳에 간단다. 하필 예약한 날 미현이 내려온다고 할 줄은 몰랐다며 미안하다고 미현의 손을 잡아주었다. 미현은 그냥 다녀와도 되는데 저렇게까지 미안해하는 엄마의 마음을 헤아려 보려는데, 감도 잡히지 않아서 포기했다. 미현의 집이 힘든 시절에도 엄마는 없는 돈 쪼개서 점을 자주 보러 다녔다. 없는 돈으로 미신을 믿는 엄마가 그때는 이해되지 않았다. 이젠 미신이고 뭐고, 정신 못 차릴 정도로 힘들어하는 은솔을 보고 마음 좀 잡으라고 미현이 나서서 점집을 추천했다. 물론 자신은 힘들 때 가지 않지만 말이다. 그 시절 힘들어하던 엄마의 모습을 떠올리고 엄마를 힘들게 만든 아빠를 원망하다가 미현은 스르르 잠들었다.

아빠가 미현을 다급하게 부르며 미현의 방문을 벌컥 열었다. 미현은 놀라서 잠에서 확 깼다. 악몽을 꾸고 있었던 건지 심장이 세차게 두근거리며 뇌까지 울렸다. 얼마나 잤는지는 모르겠으나 방은 이미 어두워져 있었다. 미현은 뛰는 심장을 왼손으로 진정시키며 몸을 일으켰다. 평소 같으면 자는데 왜 문을 벌컥 여냐고 짜증을 냈겠지만, 이상하게도 짜증이 나지 않았다.

"엄마가 교통사고가 났대. ○○대학병원 응급실에서 전화가⋯."

아빠의 말을 듣고 미현은 정신이 번쩍 들었다.

"많이 다쳤대?"

미현의 질문에 아빠는 잘 모르겠다고 했다. 상황 파악을
한 미현은 서둘러 나갈 채비를 했다.

"쓸데없이 점이나 보러 가서는…."

아빠는 미현이 다 들릴 정도로 구시렁거렸다.

"아빠 지금 상황에 그런 말이 나와? 다 아빠 때문이잖아.
우리 엄마 평생을 외롭고 불안하게 해서 그래. 엄마 마음만
든든하고 편했어 봐. 엄마가 점 보러 갔을까? 기댈 곳 하나
없어서 점 보는 데라도 기댄 거잖아. 난 엄마 마음을 너무
잘 알겠어. 아빠가 없는 거보다 있는데 없는 거 같은 게 더
싫었어."

미현이 화가 담긴 어투로 말을 쏟아내자 아빠는 멈칫하며
안색이 어두워졌다. 둘은 주차장으로 내려와 차에 올라탔
다. 출발 직전 아빠의 휴대폰 내비게이션 앱을 켜서 ○○종

합병원을 대신 찍어주고 있는데 엄마 번호로 전화가 울렸다. 엄마 목소리는 들리지 않고 ○○병원 간호사라며 지금 서둘러 오고 있는 거 맞냐고 했다. 지금 수술방이 준비됐으니 도착하면 수술 동의서에 사인을 하고 지금은 유선상으로 수술 동의를 해달라고 했다. 생각보다 상황이 심각한 것 같아 미현은 눈물이 멈추지 않았다. 차 핸들을 잡은 아빠는 출발하지 않았다. 아빠를 쳐다보니 손이 떨리고 있었다.

"미현아, 도저히 운전을 못 하겠다. 택시 타자."

정신없이 수술실 앞에 도착했다. 그제야 병원 냄새가 코를 찌르는 듯했다. 그때 마침 횡단보도에 쓰러져 있던 엄마를 처음 발견한 시민의 신고를 받은 경찰도 도착했다. 경찰 두 명이 심각한 표정으로 뺑소니라고 말했다. 미현의 귀엔 "삐" 소리가 들렸다. 이명이 너무 큰 탓일까? 그 뒤로 아빠랑 경찰이 한참을 이야기하는데 미현은 아무것도 들을 수가 없었다. 아빠는 미현에게 뭐라고 하고는 경찰과 함께 자리를 떴다. 아빠의 뒷모습을 보는데 한 발은 슬리퍼를 신었고 한 발은 맨발이었다.

22

아무리 힘들어도 카페 운영을 직접 하던 미현이었다. 하지만 엄마가 교통사고가 났다며 몇 주간 쿠키류는 솔드아웃으로 처리하고 커피를 내리는 아르바이트생만 쓰며 본가에 자주 내려갔다. 은솔은 미현이 걱정되었지만, 굳이 미현을 붙잡고 물어보진 않았다. 그렇게 걱정만 하던 중 은솔이 퇴근하고 집으로 돌아왔을 때 카페를 살피러 온 미현과 마주쳤다. 드디어 안색이 살짝 돌아온 걸 느꼈다. 은솔은 속으로 안도했다. 미현이 은솔에게 먼저 말을 꺼냈다.

"엄마는 이제 중환자실에서 일반 병실로 옮겼어. 이제 마음이 좀 놓이네."

은솔은 중환자실에 있었다는 사실을 처음 들어 놀랐지만 놀라지 않은 척 미현을 위로했다.

'생각보다 상황이 심각했나 보다.'

은솔이 미현을 토닥여주자 미현은 분노에 쌓인 울음을 터트리며 이야기를 시작했다. 인적이 드문 도로에서 음주운전 뺑소니였고 미현 언니네 엄마는 횡단보도에 쓰러져서 몇 시간 방치돼 있었는데, 지나가던 시민이 신고해 준 덕분에 응급실로 옮겨졌다고 했다. CCTV가 없는 곳이었지만 주변에 있던 차량의 블랙박스 덕분에 가해자를 붙잡았다고 했다. 엄마는 죽을 고비를 넘겼는데 가해자는 다친 곳 하나 없이 멀쩡해서 억울한데, 술에 취해 그날 일을 기억도 못 하고 미안한 기색도 없었다고 했다. 듣던 은솔이 더 화가 났다.

"엄마가 살아 있는 게 기적이래."

미현은 울분을 멈추고 말을 마쳤다.

"나도 주말에 병문안 가도 돼?"

그렇게 정신없이 시간이 흘러 주말이 오고 은솔은 미현이 알려준 병원의 병실로 찾아갔다. 코끝에 머무는 병원 냄새가 싫지만은 않았다.

4인실 제일 안쪽으로 살짝 보인 미현 엄마의 모습에 흠칫했다. 한쪽 다리는 깁스 되어 쿠션 같은 것에 올려져 있고 갈비뼈 쪽은 복대 같은 걸로 감겨 있으며 소변 줄도 달려 있었다. 얼굴은 약 때문인지 수술 때문인지 퉁퉁 부어 있었다. 양팔은 멀쩡했지만 놀랄 정도로 뼈밖에 없었고 뼈를 겨우 둘러싼 살은 심각할 정도로 검은색이었다. 이런 생각이 들면 안 되지만 죽음의 기운이 미현의 엄마를 덮친 거 같았다.

불과 몇 개월 전, 우리 자취 집에 반찬을 주러 오신 미현 엄마를 봤을 땐 건강하게 살짝 탄 듯한 피부색을 보고 동안이라고 생각했었는데 말이다. 은솔은 미현 엄마의 피부색이 무섭고 슬펐다. 그래도 티를 내면 안 될 거 같아 겨우 미소를 지으며 사 온 음료와 꽃다발을 내밀고 인사를 드렸다. 미현 엄마는 은솔의 손을 겨우 잡아주었다. 은솔은 자신이 알고 있던 사람의 손 같지 않아서 잡힌 손의 뼛속까지 시렸다. 눈물이 핑 돌았다. 울음을 억지로 삼키며 꽃을 화병에 담아 드리겠다고 꽃과 화병을 들고 화장실로 갔다. 고개를 푹 숙이고 얼굴에 눈물이 닿지 않게 눈물을 아래로 떨어트렸다. 운 티가 나지 않게 화장실 창문으로 들어오는 찬바람에 눈을 식혔다. 언제 울었냐는 듯 다시 병실로 가서 밝은 모습을 보였다. 은솔에게 말도 예쁘게 하고 항상 밝다며, 그런 친구가 미현의 옆에 오래 있어서 다행이라고 했다.

"은솔이네 부모님은 사랑을 많이 줬나 보다."

"아니에요. 다 똑같죠."

"엄마가 역할을 잘했을 거 같아. 나처럼 못하지는 않았을 거야. 아빠의 마음을 미현이한테 나라도 잘 전달해 줬어야 했는데…. 아직도 자기 아빠를 원망하는 마음이 많은 거 같아서 죄책감이 들어."

"…."

은솔은 뭐라고 답변이나 위로를 해드려야 할지 몰라 가만히 있는 것을 선택했다.

"우리 가족이 힘들었을 때 매일 똑같은 옷을 입혀서 학교에 보내야 했었어. 그때만 생각하면 속이 너무 상해. '내가 안 먹고 미현이 옷 한 벌이라도 더 사줄걸' 하면서 얼마나 후회가 되는지 몰라."

'미현 엄마처럼 딸에게 다정한 사람이 어딨을까? 엄마들은 아무리 잘해 줘도 미안한 기억이 더 큰가 보다.'

돌아가는 길에 은솔은 문득 자신의 엄마가 생각났다.

'엄마의 흰 피부가 어느 날 갑자기 죽음의 색이 되고 손을 잡았을 때 따뜻한 체온과 사랑이 느껴지지 않고 시체의 손 같으면 어떡하지? 우리 엄마도 미현 엄마처럼 아직도 여전히 별것도 아닌 일에 미안해한다. 내가 아주 어린 시절에 세게 넘어졌을 때 병원에 바로 데려가지 못했던 걸 아직도 가슴 아파하며 명절 때마다 미안하다고 한다. 공부를 좀 더 하겠다며 좋은 학군으로 이사 가자고 졸랐을 때 보내주지 못했을 걸 여전히 아쉬워한다.

잘 생각해 보면 나도 알고 있지 않은가? 내가 아파서 밤에 열이 펄펄 나면 엄마는 한숨도 자지 않고 차가운 수건으로 얼굴을 닦아준 사랑을. 아무리 집에 돈이 없어도 책은 사주었고 어릴 때부터 예사롭지 않게 친구들과 노는 걸 좋아했던 나에게 친구들과 놀 수 있는 돈은 주었고 집 근처의 유명 학원 정도는 보내주는 등 최선을 다해 뒷바라지해 준 걸 나는 알고 있다. 그렇게 많이 사랑해 준 사람에게 고작 나한테 기분 나쁜 말을 한다고 이렇게 온 마음으로 원망하고 있는가? 내 속이 정말 밴댕이 소갈딱지다. 이렇게 속 좁은 자식은 갖다 버려도 시원찮을 판에 지금도 여전히 큰 사랑을 준다. 알면서도 왜 그렇게까지 원망하고 있을까?'

은솔은 생각하고 또 생각했다. 버스 정류장에서 버스를 기다리고 있는데 옆에 있던 커플이 주변 시선을 아랑곳하지 않고 큰 소리로 싸우기 시작했다.

"난 이 동네 초행길이고 네 친구들을 만나러 왔는데, 당연히 데리러 와야 하는 거 아니야?"

"남자 친구의 친구들을 만나는 자리면 당연히 내 체면 좀 올려줘야 하는 거 아니야? 아무리 기분이 좋지 않아도 내 친구들 있는 자리에서 그 태도가 뭐야?"

은솔은 이들이 하는 대화가 귓속으로 그대로 꽂혔다. '당연히… 당연히…' 은솔이 지호와 권태기가 시작될 무렵 지호에게 물었었다. 너는 어떻게 3년간 한결같이 날 사랑해주고 잘해 주냐고. 지호는 대답했었다.

"세상에 당연한 건 없거든. 무수히 많은 우주의 시공간 속에서 우리가 이렇게 만날 수 있었던 건 특별하고 감사한 인연이니까 그렇지. 그것만 알면 돼."

지호가 했던 말이 떠오르자 은솔은 머리가 띵 했다. 자신이 생각하는 엄마의 당연한 모습은 예쁜 말만 하고 성자 같은 어머니의 모습이었다. 당연한 대로 자신을 대하지 않아 더 원망했고 원망이 없어지지 않았다. 엄마를 원망하는 마음 뒤에서 더는 피하지 말고 엄마와의 상처를 제대로 봐야 할 때가 온 것 같았다. 엄마의 말에 휘둘리지 않는 독립적인 삶을 살 때, 그때야 지호와의 이별을 받아들일 수 있고, 사랑을 받아도 만족할 줄 모르는 오만함을 인정할 수 있지 않을까 싶었다.

23

은솔은 아빠에게 전화했다. 혹시 오늘과 내일 엄마에게 별다른 일정이 있는지 물었다. 아빠가 딱히 없다고 말하자마자 바로 본가로 가는 기차 티켓을 끊었다. 내일 점심에 만나기로 한 친구들과 약속을 취소했다. 본가까지의 그 먼 길을 어떻게 갔는지 모르겠지만 주말 아침 햇살 같은 엄마의 냄새가 확 맡아졌다. 벌써 집에 도착해 있었다. 엄마는 멋쩍게 은솔에게 인사했다. 엄마는 가장 듣기고 싶지 않았던 치부가 딸의 입에서 나와서 얼마나 놀라고 당황했을까? 은솔은 엄마 입장에서 생각이 절로 되니 속상했다.

"은솔아, 미안해."

은솔이 우물쭈물하면서 앉지도 서지도 못하고 있는데 엄마가 먼저 은솔에게 미안하다고 했다. 은솔은 풀이 죽은 엄마의 모습에 그 어떤 말도 할 수 없었다.

'엄마는 대체 뭐가 미안하다는 걸까? 바람피운 모습을 나에게 들켜서 상처 준 일? 아니면 비교하는 말을 하지 말아 달라고 부탁했는데 계속 비교한 것?'

"아빠가 불쌍해."

'엄마, 있잖아. 아빠가 못난 게 아니라 엄마가 못난 거야. 엄마는 뭐 어디 완벽한 사람인 줄 알아?' 은솔 자신도 엄마가 세상 전부였으므로 아빠가 못나서 엄마가 아빠보다 잘난 사람이랑 바람피운 거라고 되뇌었었다.

'하지만 바람은 배신이고 기만이지 않은가? 바람은 영혼 살인이라고 하는데…. 엄마는 아빠의 영혼을 죽인 것이다. 아빠는 얼마나 지옥에서 살았을까? 다 알고도 덮을 때의 마음은 어땠을까? 아마 나랑 동생 때문에 이혼은 못 한 거겠지?'

"미안해."

엄마의 눈시울이 붉어졌다.

"나도 너무 불쌍해."

지호가 제주도에서 다른 사람은 잘 위로하면서 자신은 언제 위로해 봤냐고 했던 말이 떠올랐다. 은솔은 엄마와 아빠 입장에선 저렇게 잘 생각하면서, 자신의 입장에서 자신을 얼마나 위로해 준 적이 있었나 싶었다.

'어렸던 그때의 나는 얼마나 힘들었을까? 놀라고 충격받은 내 감정이 스스로 감당되지 않아서 애써 회피하고 덮곤 했다. 스스로 위로할 줄을 몰라서 덮어두고만 있었다. 괜찮을 줄 알았다. 하지만 이렇게 된 거 보니 난 괜찮지 않았다.'
"우리 은솔이 상처 많이 받았지? 미안해. 그래선 안 되는 거였는데."

엄마는 은솔에게 다가와 두 손으로 은솔의 오른손을 꽉 잡았다. 은솔은 마음이 저릿했다. 엄마가 쏘아 올린 화살은 은솔에게 비수가 되어 날아왔다. 화살이 차곡차곡 쌓여 엄마를 향한 원망이 되었다. 원망할 구실이 필요했다. 엄마가 불륜을 저지른 때가 원망하기는 딱 좋았다. 세상과 비교해 못난 자신을 미워하고 싫어하면서 원망을 키워갔다. 아무리 밝게 웃고 즐겁게 떠들어도 원망이 가득한 마음은 지옥이었다. 원망은 다시 화살이 되어 다른 사람에게로 날아갔다. 아무리 행복해 보이려고 해도 행복한 순간은 별로 없고 늘 전쟁 상황이었다.

"엄마도 불쌍해."

'엄마는 있는 그대로 만족하지 못해서, 사는 동안 얼마나 힘들었을까? 엄마는 자신을 위로한 적이 있을까?'

"미안해. 은솔아."

엄마의 눈에선 눈물이 주르륵 쏟아졌다.

"엄마한테 그런 식으로 알고 있다고 말하려고 했던 건 아닌데… 나도 미안해."

은솔도 엄마만큼 눈에서 눈물이 쏟아졌다. 눈물을 힘겹게 삼키며 겨우겨우 말을 이었다.

"은솔아, 나는 네가 미안해하는 걸 바라지 않아. 네가 어떤 생각을 해도 서운하지도 않아."

엄마는 은솔에게 미안해하지 않을 것도 미안해하면서 은

솔이 엄마에게 미안해하는 꼴은 못 본다.

"그리고… 다른 사람이랑 세상에서 가장 소중한 내 딸 은솔이랑 비교해서 미안해. 정말 미안해."

엄마의 마음에는 은솔만큼이나, 아니면 그보다 더 많은 미움과 원망이 있지 않을까 싶어서 은솔은 안타까웠다. 은솔은 엄마가 그렇게까지 미안하다고 하는데도 속이 시원해지지 않았다. 비교해서 미안하다는 사과는 이전에도 몇 번 받아 보았기 때문이다. 엄마가 저렇게까지 대성통곡을 하는 모습을 보자, 사과하고도 고쳐지지 않는 모습은 어쩔 수 없는 것이라는 생각이 들었다.

자신은 엄마처럼 살기 싫었는데, 엄마처럼 사는 모습만 봐도 그렇다. 지호처럼 좋은 남자를 다른 사람과 비교하다 헤어진 걸 보면 은솔도 자기 뜻대로 못 살았는데, 엄마가 자기 뜻대로 살지 않는다고 그렇게나 원망했다. 비교하는 자신의 습관을 다른 사람의 탓으로 돌리고 싶었다.

'내 안에 저런 씨앗을 타고난 거니, 엄마의 말과 행동이 햇빛과 물이 되어 내 습관에 꽃을 피운 것이다. 햇빛과 물이 없었다면 꽃이 피지 않았겠지. 아니 애초에 씨앗조차 없었어야겠지. SNS가 발달한 이 시대에 남과 비교하는 씨앗에 햇빛과 물이 되기엔 충분하잖아. 내 문제는 내 것이었다. 내 것으로 내가 책임지고 처리하기가 너무 아파서 남의 탓, 환경 탓을 하며 처리하지 않으려 하고 심지어 바라보지도 않으려고 했었구나.'

"엄마도 힘들었지?"

은솔은 자기 오른손을 꽉 잡고 있던 엄마의 두 손 위에 왼손을 얹었다.

"엄마는 마음이 아주 불안했어. 불안한 마음을 허영으로 덮지 않으면 하루하루가 감당되지 않았어. 그때는 정신과라는 개념도 없었어. 마음이 아프면 병원에 가야 하는 줄 몰랐어. 어릴 때 결혼하고 살아가는 게 바뀌어 무섭고 힘든데도 어떻게 해야 할지를 몰랐어. 다른 사람들에게 내가 행복하게 보여야 하는데, 그러려면 남들보다 더 돈이 있어야 하는데 돈을 많이 벌 능력은 없었지. 그래서 결혼은 했어도 돈많은 남자들한테 인기가 많은 모습이 주변 사람들에게도 행복해 보이는 줄 알았어."

"엄마, 바보야?"

"엄마도 이젠 그게 잘못된 건 줄 알아."

"이제서야?"

"응. 바보 같지? 또 내 불안한 마음이 소중한 내 딸 은솔이한테까지 전해졌어. 내 딸은 남들에게 잘 보여야 해. 은솔이는 예뻐해야 해. 은솔이는 다른 사람보다 많이 살쪄도 안 되고 공부를 못해선 안 돼. 딸이 잘되면 엄마가 행복해 보이니까…. 이 세상에서 내가 가장 행복해 보이고 싶었어. 근데 거기서부터 잘못된 것 같다. 내 딸만큼은 행복해 보이는 아이가 아니라 행복한 아이로 키웠어야 했어. 아니, 나부터 행복해 보이는 게 아니라 행복한 사람이 돼야 했었어. 미안해, 은솔아. 미안해."

은솔과 엄마는 한참을 껴안고 울었다.

"엄마, 내일 나랑 목욕탕 갈래?"

은솔은 다 울고 나서 엄마한테 말했다. 엄마는 놀란 눈을 하고 고개를 끄덕였다.

다음 날 주말 아침 햇살을 받으며 은솔과 엄마는 10년 만에 같이 목욕탕으로 향했다. 예전에 목욕탕에서 엄마에게 상처 받은 일은 굳이 말하지 않으려고 했다. 이미 자신보다 더 전쟁터 같은 마음으로 지금까지 살아왔는데 원망의 화살을 엄마의 마음에 쏘면 자신의 마음도 전쟁터가 될 것 같았다.

'내 마음의 전쟁을 끝내야 나 자신을 미워하고 원망하는 마음이 사라질 것 같다.'

요즘 같으면 정신과에서 치료받을 정도로 불안했으면서도 자신을 사랑으로 키워준 엄마의 모습만 보기로 했다. 엄마와 온탕에 들어가 때를 불리고 나와 서로의 등을 밀어줬다. 은솔에게 엄마는 큰 세상과 같았는데 엄마의 등이 언제 이렇게 작아졌나 싶었다.

'우리 엄마, 신경옥 씨. 마음이 그렇게 힘들었는데도 나를 키운다고 고생 많았어요. 사랑해요. 스무 살, 목욕탕에서 상처 받았던 나도… 사랑해. 그때 얼마나 수치스러웠을지 헤아리지 못하고 위로해 주지 못하고 사랑해 주지 못해서 미안해.'

몸도 마음도 한결 가벼워진 기분으로 다시 서울로 향했

다. 경옥이 기차역까지 데려다줬다. 경옥의 배웅을 받고 은솔은 기차에 올랐다. 기차가 달릴 때까지 경옥은 밖에서 은솔에게 손을 흔들어 주었다. 기차가 빠르게 달려 경옥이 보이지 않게 되자 지호가 생각났다. 은솔은 지호가 내 것일 땐 지호의 단점과 다른 남자들의 장점을 비교하다 권태기가 왔고 지호와 헤어지자 지호의 장점만 생각나서 다른 남자들과 비교하다 다시 만나고 싶어진 것이다.

하지만 이제 되돌릴 수 없다. 취미로 그림을 그려 올리는 일러스트 계정을 오래간만에 켰다. 팔로워가 많은 일러스트 작가와 비교가 되어 그림을 그려서 올리다가 말았다. 꾸준히 올리고 싶었는데 자신보다 잘하는 일러스트 작가가 너무 많아서 도저히 자신의 그림은 올릴 수가 없었다. 이젠 그들의 실력은 신경 쓰지 않고 자신만의 그림을 꾸준히 그려서 올려보고 싶어졌다.

24

#은솔 엄마, 어린 시절 회상 – 우울

경옥은 조용한 동네에서 태어났다. 그녀에게는 오빠 둘과 남동생 하나가 있다. 남자 형제들은 밥 먹는 자리에서까지 부모님의 총애를 받았다. 남자는 힘을 써야 한다며 따듯한 밥을 퍼주고 경옥과 경옥의 어머니는 전날에 남은 찬밥을 먹었다.

그뿐만이 아니었다. 경옥의 어린 시절 내내, 그녀는 가족의 자랑거리인 오빠와 끊임없이 비교되었다. 오빠들은 학교에서 공부와 운동을 모두 잘했다. 부모님은 오빠들의 학업 성취와 운동 능력을 칭찬하는 한편, 경옥은 보잘것없다며 질책했다. 경옥은 자신을 증명하는 데 필사적이었다. 오빠들처럼 부모님의 사랑을 받아 보고 싶었다. 어머니를 도와 집안일을 하다가도 공부할 수 있을 때는 집중했다. 오빠들만큼 반에서 좋은 성적을 계속 거뒀다. 그런데도 그녀는 인정받거나 축하받지 못한다고 느꼈다. 심지어 놀기만 하는 남동생보다 사랑받지 못하는 것 같은 기분은 떨쳐낼 수가 없었다.

고등학교 진학 시기에는 친한 친구 무리 중에서 유일하게 고등학교에 진학하지 못했다. 집안 형편이 어려운 것도 아니었는데 말이다. 몇 날 며칠을 눈물로 보내다가 현실에 순응하며 집 근처 공장에 취업해 1년간 일했다. 연년생이던 남동생은 공부에 흥미가 전혀 없었음에도 고등학교에 보내주었다. 경옥은 부모님께 순하고 착한 아이로서 예뻐함을 받고 싶어서 한 번도 대들지 않았는데 그때 처음으로 대들었다.

"왜 쟤도 가는데 나만 고등학교 안 보내줘!"

경옥은 울면서 부모님 앞에서 소리쳤다.

"여자가 무슨 공부야! 남자보다 나은 게 있어야 학교를 보내지. 돈 아까워!"

경옥의 아버지는 경옥을 경멸하는 눈으로 바라보며 소리 쳤다.

"나 지금이라도 보내줘! 오빠들보다 더 잘할게!"

경옥이 대성통곡하자 아버지는 밖에서 나무 막대를 주워 와서, 여자애가 부모한테 왜 대드냐며 경옥을 두들겨 팼다. 보다 못한 어머니는 아버지를 가로막고 경옥을 다른 방으 로 피신시켰다.

"여자는 조신하게 결혼 준비를 하는 게 가장 좋은 거야."

어머니는 경옥이 매 맞은 부위를 쓰다듬어 주며 위로했 다. 경옥은 진학하는 걸 단념하고 어머니의 말대로 여자로 서 잘살기 위해 집안일을 더욱 꼼꼼하게 익혔다. 하지만 경 옥이 열아홉 살 때 이웃집 남자에게 성폭행당하면서 그 꿈 마저 물거품이 됐다.

"너, 순결하지 못한 거 소문나면 결혼 못 해. 어디 가서 말 하지 마."

경옥이 어찌할 바를 몰라 어머니에게 털어 놓았지만 어머니는 그녀가 얼마나 흘리고 다녔으면 그런 일을 당하냐고 되레 비난했다. 좀 더 조심스럽고 조신해야 했다고 말했다. 경옥은 자신이 불순한 존재가 된 거 같아 수치심을 느꼈다. 그녀는 아무리 노력해도 부모님의 기대에 결코 부응할 수 없을 것 같았다. 이제 경옥은 오빠들은 물론이고 남동생과 비교해도 못난 사람이었고, 동네 친구들보다 순결하지 않은 사람이었다.

그렇게 한평생을 살아왔다.

25

미현과 아빠는 거의 병원에서 살다시피 했다. 아빠가 출근한 낮에는 미현이 간병했다. 아빠는 퇴근한 후에 병원으로 와서 간병했다. 아빠가 출근할 때가 되어 미현이 엄마의 병실로 향했다. 엄마가 옆에서 끙끙 소리를 내고 있는데도 아빠는 새벽에 했던 해외 축구 경기의 재방송을 보고 있었다. 미현은 그런 아빠가 한심해 보였다.

"아빤 병원에서도 왜 그래? 간병이 그냥 가만히 있으면 되는 건 줄 알아?"

아빠는 미현을 슬쩍 보더니 집에 들러 씻고 출근한다며 빠르게 나가버렸다. 구시렁거리고 있는데 수액을 갈러 온

간호사가 미현에게 웃으면서 인사했다.

"아버님이 어머님을 엄청 많이 사랑하시나 봐요."
"네? 그럴 리가요."

미현은 자기도 모르게 퉁명스럽게 대답이 나갔다.

"아버님이 밤마다 어머님이 조금만 힘들어해도 간호사를 찾고, 질문도 어찌나 많은지 간호사들한테 어머님의 상태에 대해 엄청 많이 질문해요."

간호사는 미소를 지으며 미현에게 말했다. 미현은 아빠가 간호사에게 진상이지 않을까 죄송했지만 의외의 아빠 모습에 놀랐다. 그 이야기를 가만히 듣고 있던 엄마도 민망해했다.

곧이어 준수도 왔다. 엄마의 병실에 꿀이라도 발라둔 것처럼 자주 오는 준수가 징글징글했다. 엄마는 준수의 잦은 방문이 내심 좋은 듯 보였다. 혼자 있고 싶다고 빡빡 우기는 엄마의 등쌀에 떠밀려서 준수와 미현은 집으로 가서 빨래할 짐은 가져다 놓고 병원에 가져올 짐을 챙기기로 했다. 날은 여전히 추웠지만 햇빛이나 연둣빛 풍경은 봄이 오고 있음을 느끼게 했다.

"미현, 해랑 형이 언제 또 넷이서 축구 보자고 하던데?"

각자 휴대폰을 보면서 집으로 가다가 준수가 카톡을 확인하고 미현을 툭 쳤다. 미현은 '해랑'이란 이름에 마음이 툭 내려앉았다. 엄마 때문에 몇 주나 잊고 있었는데 해랑에 대한 마음이 다시 스멀스멀 올라왔다. 미현은 바로 대답하지 않았다. 자신의 외로움이 아빠와의 관계가 그 근원일 것 같았다. 아빠와의 관계를 해결해야 하나하나 풀릴 것 같았다. 하지만 먼저 아빠에게 다가가 대화할 용기가 나지 않았다.

"준수야, 나 고민이 있어."

미현의 고민 상담에 준수는 상당히 놀라워했다. 혼자서 끙끙 앓았으면 앓았지, 속마음을 잘 털어놓지 않은 미현이었기 때문이다. 미현은 지금까지 해랑에 대한 마음을 모두 털어놓았다.

"뭐야? 해랑 형한테 그만큼 진심이었다고?"

준수는 미현과 해랑이 서로에게 관심이 있는 줄은 알았지만, 미현이 이렇게까지 애절하게 좋아하고 있는 줄은 생각도 못 했다.

"나도 이렇게 될 줄은 몰랐어. 다 그 향 때문이야."

미현은 해랑의 섬유탈취제 향이 코끝에 맴도는 듯했다.

"해랑이 형 나쁜 남자였네. 미현아, 미안. 내가 괜히 서로 아는 사이를 만들었다."

준수는 미현이 얼마나 힘들었을지 알 것 같아 미안해졌다. 다 자기 탓인 것만 같았다.

"아냐. 다 아빠 탓이야. 아빠가 아빠답지 못하고 날 외롭게 둬서 그래."

미현은 고개를 좌우로 흔들며 작은 목소리로 말했다.

"아빠다운 게 뭔데?"

준수의 뜬금없는 질문에 미현은 뜸을 들였다.

'아빠다운 게 뭐라고 아빠답지 못해서 아빠를 미워하는 마음을 가지고 있었던 걸까?'

"집안의 기둥이 되어주고 자식들의 기댈 곳이 되어주고 가장의 무게로 사랑해 주는 게 아빠 아니야?"

미현은 겨우 생각해 내서 대답했다.

"지금 가정을 책임진다고 열심히 돈 벌고 계시잖아?"

"자기 힘들다고 돈 벌지 않은 기간이 얼마나 길었는데! 거의 나 혼자만의 짝사랑 같아. 내가 아빠 사랑받으려고 어떻게까지 했는데."

"어떻게 했는데?"

"아빠가 좋아한다는 지겨운 축구를 졸음 참아가며 보았고 아빠가 처음 사준 책 내용을 아직도 기억하고 있어. 아빠의 사랑을 받으려고 무던히 노력했어."

"그 덕분에 지금 축구 보는 재밌는 취미도 있고 책을 읽고 내용을 기억하는 건 쉽지 않은데 그걸 해냈네?"

반박하고 싶었지만 모두 다 맞는 말이었다. 논리적인 준수를 이길 수가 없었다. 아무리 그래도 아빠가 가정을 지키지 않고 무기력하게 있는 모습과 기댈 곳이 되어주지 못하고 세상에 회의적인 태도를 보인 모습은 싫었다. 미현은 더 말하지 않았다.

미현은 집에 도착해 아빠 옷과 자기 옷을 세탁기에 돌렸다. 다 마른 옷은 준수와 함께 정리했다. 자기 옷은 대충 방에 던져두고 아빠 옷은 옷장에 넣어두려고 옷장 문을 열었다. 옷장 구석에 있던 플라스틱 통이 눈에 들어왔다. 평소라면 신경 쓰지 않았겠지만, 오늘따라 통 안에 무엇이 있는지 무척 궁금해졌다. 미현은 도둑질하는 사람처럼 조심스럽게 플라스틱 통을 열었다. 통 안엔 새벽 공기 냄새가 가득했다. 그리고 아빠의 군인 시절 사진과 도장, 여권 그리고 표지에 "김호창"이라고 아빠의 이름이 적힌 수첩들이 가득했다. 미현은 그중에서 하나를 빼서 펼쳐보았다. 일기장이었다. 연도와 날짜를 보니 미현이 아주 어릴 때였다. 일기엔 온통 우울한 이야기뿐이었다. 그중 한 페이지가 유독 눈에 들어왔다.

"1998년 ○월 ○일

사는 게 뭐야. 다들 이렇게 사는 걸까? 이렇게 살 바엔 살지 않는 것이 더 낫지 않을까?

하루를 버텨내는 것도 버겁다. 힘들다.

구원해 줄 사람 하나 없다. 마음을 기댈 곳도 없다.

내가 전생에 어떤 죄를 지었길래 이런 지옥에 사는 걸까?

내 인생 내 뜻대로 되는 게 하나도 없다. 죽을 용기도 없지만 살아낼 용기도 없다. 내일에 대한 희망이 없다. 평생 이렇게 살다 죽을 거 같다.

행복하지 않아."

일기장 모든 페이지가 죽지 않고 버텨낸 게 신기할 정도로 우울한 내용뿐이었다. IMF 외환위기로 불안해진 경제 상황에서 아빠는 번아웃이 되어 우울증이 온 거였다.

'아버지는 날 사랑하지 않아서 외롭게 둔 게 아니었다. 아빠의 삶에 우울증이 온 순간에도 나를 사랑해 주었다. 자전거 타는 법을 알려줄 때는 아무리 무서운 상황에도 옆에서 든든히 지켜줄 거라는 믿음을 주었다. 내가 한 숙제에 크게 감탄해 주었고, 아무것도 모르는 어린애일 때도 내가 어떤 선택을 하든 믿어 주었다. 아빠 인생에서 최악의 순간에도 말이다. 내가 아빠에 대한 이상이 높았다. 그런 아빠에게 날 외롭게 두었다고 원망했다. 외로움은 온전히 내 몫이었다. 그 누구의 탓도 아니었다.'

미현은 "김호창"이란 이름이 적힌 일기장 수첩을 껴안고 엉엉 울었다. 준수는 미현에게 무슨 일이 생겼나 하고 얼른 달려왔다. 주저앉아서 울고 있는 미현을 꼭 안아주었다.

"준수야. 아까 말한 거 다 취소야. 아빠한테 미안해."

아빠는 미현이 잠든 모습을 한 발짝 떨어져서 가만히 보고 있었다는 걸 안다. 잠에서 살짝 깨면 아빠가 자주 그러고 있어서 너무나 잘 안다. 눈을 다 뜨지 않았기 때문에 어떤 표정으로 바라보는지는 잘 모른다. 한창 예민했을 때는 그것이 너무 싫었다. 쳐다보는 것 자체가 싫었다. '왜 자는 사람을 보고 있는 걸까?'라는 생각과 성희롱당하는 느낌도 들었다. 하지만 이젠 안다. 다 큰 딸을 쓰다듬기가 미안해서 한 발짝 떨어져 가만히 지켜본다는 걸.

'눈엔 사랑이 가득 담겨 있었겠지. 아빤 그 순간이 얼마나 귀하고 소중했을까? 자식을 낳아보지 않는 이상 감히 아빠의 마음을 헤아리지 못할 것이다.'

미현은 눈이 퉁퉁 부은 채로 엄마의 병실로 갔다. 엄마는 무슨 일인지 묻지 않았다. 준수와 같이 병실 티브이를 보다 준수는 먼저 일어났다. 엄마랑 드라마 이야기를 한참 나눴다. 미현은 언뜻 이상한 생각이 들었다. 엄마랑은 할 이야기가 이렇게나 많은데 아빠랑은 대화를 많이 못 하는 이유를 알 수가 없었다. 잘 생각해 보면 아빠도 자신에게 말을 많이 붙이려고 하는 거 같은데…. 병실 문이 드르륵 열려 시선이 문 쪽으로 향했다. 호창은 무표정하게 들어와서 미현이 가져온 옷 꾸러미를 확인했다.

"너희 엄마 재활 치료 기간에 맞춰서 휴직 신청을 했다. 너희 엄마 재활은 아빠가 다 할게. 넌 네 일이나 해."

미현을 몇 초 정도 말없이 쳐다보고 퉁명스럽게 말을 던졌다. 고작 세 문장밖에 되지 않았다. 하지만 많은 감정이 느껴졌다. 미현은 호창의 눈에 눈물이 맺히는 걸 알아챘다. 호창은 황급히 얼굴을 돌렸지만, 미현은 그 눈빛과 눈물은 본 적이 있는 듯했다. 곰곰이 떠올려보았다.

'어디서 봤더라? 새벽 공기 냄새가 떠올랐다. 그래 맞다. 새벽안개가 자욱하던 그 시간, 새벽 네 시, 내가 태어났을 때, 내가 세상을 처음 봤을 때, 그때 나를 보던 아빠의 눈빛이다. 어떻게 그걸 기억하냐고 누가 묻는다면 기억하는 게 아니라고 답할 것이다. 그냥 알 수 있는 것이다. 그 느낌이 맞다. 우리 아빠는 내가 태어났을 때의 그 환희로 항상 나를 보고 있었다. 나의 짝사랑이 아니라 아빠의 짝사랑이었다.'

26

미현은 카페 휴무 날엔 어김없이 엄마의 병원으로 달려갔다. 호창과 병원 근처 삼계탕집으로 몸보신하러 들어갔다. 한방 삼계탕으로 주문한 뒤 부녀는 아무 말 없이 멍때리며 음식을 기다렸다. 삼계탕이 나오기 전에 반찬 몇 가지가 먼저 나왔다. 그중 싱싱하게 생긴 문어숙회를 미현이 맛있다며 정신없이 먹었다.

"문어 산지 직송으로 한번 시켜 먹자."

미현이 먹는 모습을 보더니 호창은 무뚝뚝하게 말했다. 미현은 이젠 호창의 말 한마디만 들어도 알 거 같았다. 호창의 무뚝뚝한 말투 속 자신을 생각해 주는 마음이 얼마나 큰

지 말이다.

"알겠어. 조만간 아빠가 시켜."

미현도 무뚝뚝하게 대답했다. 미현은 호창에게 애잔한 마음이 들었다. 자식이라고 하나 있는데 애교도 없고 서로 없는 듯 지내니 얼마나 외로울까 싶었다.

"김민재 선수, 레알마드리드에서 영입 시도"라는 티브이 뉴스의 자막이 눈에 들어왔다. 그리고 한국 선수가 축구선수라면 누구나 꿈꾸는 클럽에서 데려가려고 한다는 앵커의 설명이 이어졌다.

"김민재, 진짜 잘해. 월드 클래스잖아."라는 호창의 말에 미현은 대충 단답형으로 대답하려 했다. 하지만 이 말도 미현과 대화하고 싶어서 꺼냈다는 걸 알 수 있었다.

"김민재를 믿고 다른 선수들이 다 전방으로 뛰어나가는 거 봤어?"

미현도 아빠의 마음을 알아 대화하려고 노력했다. 별반 달라질 것 같지도 않은 호창과의 사이지만 그래도 꽁하게 호창을 미워하던 마음은 조금 없어진 걸 알 수 있었다. 왜냐

하면 호창과 마주 앉아 밥 먹는 시간이 불편하지 않았기 때문이다. 이렇게 자신한테 좋은데 왜 서른 살이 훌쩍 넘을 때까지 호창을 미워했나 싶었다. 어쩌면 미워하는 마음의 이면에 화해하고 싶은 마음이 있지 않았을까. 그렇게 간략한 대화를 하고 든든하게 삼계탕을 먹은 후, 식당을 나서는데 바로 앞에 미국에서 들어온 지 얼마 안 된 아이스크림 체인점이 눈에 띄었다. 아직 전국에 세 곳밖에 없는 아이스크림 가게였다. 미현은 후식으로 아이스크림을 하나씩 먹자며 아빠를 가게로 이끌었다.

"비싸게 저런 걸 왜 먹냐?"

유튜브에서 말도 안 되는 가격에 판매한다는 걸 들었다고 미현에게 언성을 높였다. 요즘 애들 돈 많이 쓰게 하는 근원이라며 비판했다. 미현은 그게 분명 어르신들의 조회수를 높이기 위한 가짜 뉴스일 거라고 확신했다. 미현은 호창의 말을 듣자마자 아직 안 되겠구나 싶었다. 왜 말을 꼭 저런 식으로 하는지 알 수가 없었다.

"아빠, 한 숟가락만 먹어 봐."

미현은 평소와 다르게 애원했다. 미현은 자신이 호창에게 애교 없는 딸이라 얼마나 심심할까 싶었다.

"너, 돈 모아야지."

미현은 곧 마음을 누그러뜨렸다. 자식이 돈 많이 쓸까 봐 걱정하는 것이었다. 아이스크림값은 얼마 되지도 않는데 말이다. 미현은 호창을 강제로 가게 안으로 밀어 넣었다. 아이스크림 가게로 들어온 호창은 아이스크림 리스트를 호기심 가득한 눈빛으로 둘러보았다. 미현은 가장 유명한 맛 세 가지를 선택해 컵에 담아달라고 했다. 아이스크림을 먹기 위해 자리에 앉았을 때, 주저하는 호창의 표정이 귀여웠다. 호창은 한 입 베어 물었고 표정이 완전히 바뀌었다. 호창의 눈은 커졌고 그의 얼굴은 기쁨으로 빛났다.

"진짜 맛있네. 아빠도 이제 유명한 거 먹어본 사람이 된 거야?"

호창은 목소리에 놀라움을 담아 말했다. 미현은 웃지 않을 수 없었다. 기분 좋은 새벽 공기 냄새가 느껴졌다. 호창을 아빠로만 한정 짓지 않고, 한 사람 그 자체로 보니 호창의 말이 나쁘게만은 들리지 않았다. 살면서 여러 환경이 그를 힘들게 해 미현까지 힘들어졌지만, 미현을 처음 낳았을 때의 그 사랑은 그 자리에 그대로 있었다.

27

"미현. 뭐 해? 오늘 볼래? 회 먹자." (정해랑)

새벽 다섯 시 미현이 잠에서 잠시 깨어 휴대폰을 확인할 때 본 가장 첫 화면이다. 30분 전에 도착한 카톡이었다. 미현은 꿈인지 현실인지 분간이 안 되었다. 오지 않을 사람에게 카톡 메시지가 와 있어서 이름을 몇 번이고 확인했다.

'오빠는 대체 자지 않고 지금까지 뭘 한 걸까? 지난겨울 이후 연락 한 통 없었으면서 겨울과 봄이 다 지나고 여름 초입에 다시 연락한 이유가 뭘까?'

잠시 이유를 찾았지만 이미 기쁨과 설렘에 부정적인 생각은 낄 틈이 없었다.

"오늘은 안 돼. 쿠키 대량 주문받은 걸 내일까지 배송해 줘야 해서."

미현은 이번 달 최대 매출인 쿠키 대량 주문 건이 하필 오늘이라 아쉬웠다. 지금 당장 달려 나가고 싶었으나 현실은 엄마가 입원하였던 동안에 아르바이트생을 썼던 기간이 꽤 되어 당장 돈을 벌어야 했다. 갑작스러운 만남 요청에도 밀당을 할 수 없는 자신이 웃겼다.

"엇? 미현. 안 자고 뭐 해?"
"나, 잠시 깼어."
"그럼, 내일 배송 끝내고 카페 마치고 볼까?"
"그래. 좋아. 어디서 볼까?"
"한남동에 포차 분위기에 막회 파는 곳 있다는데 같이 가 보자."

'내 취향을 여전히 기억하고 있구나. 같이 있을 때는 태양이 내리쬐는 충만함, 정오의 천국에 온 것 같은 기분. 너와 함께 보내는 진짜 여름은 어떨까? 그때까지 우리 사이를 유지할 수 있을까? 태양의 열기가 가라앉은 여름밤, 마당에 테라스가 있는 술집의 여름이 더 빛나도록 켜두는 전구 조명 아래서 우울한 일상 이야기, 쓸데없는 일상 같겠지만 그 속에서 발견한 웃긴 포인트 그리고 빼놓을 수 없는 축구 이야기도 하겠지. 여름의 이적 시장에 대해 그리고 다음 시즌에 기대하는 부분을 서로 나누겠지. 상상할수록 더욱 너에게 희망을 품게 된다. 또다시 실망할 수도 있으니 내일은 어떤 일이 있어도 너를 좋아하지 않겠다고 다짐해 본다.'

약속 당일 미현은 막횟집에 먼저 들어가 구석 테이블에 앉아 가만히 해랑을 기다렸다. 예전처럼 여전히 두근거렸다. 들뜬 마음이 손끝까지 퍼졌다. 물론 들뜰 뿐만 아니라 오늘도 아무런 진척이 없을까 봐 두려워하는 마음과, 그는 자신을 편한 친구로 생각하는데 자신만 이렇게 지독하게 그리워하는 것에 대한 수치심도 저변에 깔려 있었다. 도착했다는 해랑의 카톡 메시지에 고개를 들어 주변을 살피니 해랑이 천천히 걸어왔다. 눈앞에서 다시 보자마자 해랑 없이 지냈던 몇 개월이 단숨에 사라졌다. 연락이 끊긴 바로 다음 날 같았다.

"미현아, 오랜만이다."

해랑의 미소가 미현을 무장 해제시켰다. 만나기 전엔 이 제 더는 사랑하지 않겠다고 마음을 굳게 먹었지만 그를 사 랑하지 않을 수가 없다. 그의 섬유탈취제 향과 미현의 마음 은 변하지 않고 고스란히 남아있었다.

"그러게. 잘 지냈어?"

미현은 감정을 애써 누르며 말했다.

"나야 똑같지. 너도 얼굴 보니 똑같은 거 같다."
'친구들하고 약속한 일정과 콘서트 일정이 겹치지 않으 면 알려주겠다고 하고선 왜 연락하지 않았어? 왜 콘서트는 같이 가지 않았어? 만약 그때 함께 콘서트에 갔었다면 그날 눈이 엄청나게 와서 우린 분위기에 취했을 텐데…. 그날 특 별히 내가 더 예뻤는데 함께했다면 관계가 더 발전될 수 있 지 않았을까? 새해엔 새해 인사 왜 안 보냈어? 그리고… 나 보고 싶진 않았어?'

미현은 한꺼번에 여러 질문이 튀어나올 뻔했다. 하지만 질문을 하지 않아도 답을 알고 있었다. 어떤 마음인지 알기 에 쏟아내고 싶었던 질문을 삼키고 억지로 텐션을 끌어올렸다. 해랑의 하얗고 큰 손이 눈에 들어왔다. 사랑스럽게 쓰다듬었던 그의 손. 어떻게 잊을 수 있겠는가. 매일 생각했다. 그리웠다. 단번에 덥석 잡고 싶었다. 다시 해랑의 침대로 향하고 싶었다.

'오늘은 나를 데리고 그 침대로 향할 거야? 오늘은 가만히 내버려 두지 않을 거야?'
"오빠, 머리 애써 묶으려고 노력하면 묶을 수도 있겠는데?"

미현은 만나지 않는 동안 머리를 한 번도 자르지 않은 듯한 해랑의 머리카락을 쳐다보며 말했다.

"기른다고 힘들어."

그는 미소를 띠며 살짝 앞으로 흘러내린 옆 머리를 뒤로 넘기며 대답했다.

"내가 예쁘게 묶어줘 봐?"
"지금 말고 좀 더 기르면 꼭 묶어줘."

미현은 어디까지 머리를 기를 건지, 하고 싶은 머리가 있어서 기르는 건지 물어보고 싶었지만, 굳이 그러지 않았다. 그 어떤 머리를 해도 잘 어울릴 것 같았기 때문이다. 여유로워 보이는 모습은 여전했다. 길어진 머리 때문인지 권태로워 보였던 첫인상에 자유로움이 추가된 듯 보였다. 오래간만에 봐서 어색할 줄 알았는데 너무나 자연스럽게 해랑이 대화를 끌고 갔다. 노력하지 않아도 되는 편안함에 긴장했던 마음이 녹아내렸다. 은은하게 넘어오는 해랑의 향기는 그토록 그리워했던 그 섬유탈취제 향이었다.

회 한 점과 소주 한 잔과 대화가 차곡차곡 쌓였다. 2차로 바로 맞은편 맥줏집으로 향했다. 맥줏집치고는 상당히 조명이 밝았다. 막횟집 조명은 살짝 어두워서 몰랐는데 밝은 곳에서 자세히 보니 해랑의 얼굴이 좋지 않아 보였다.

"오빠, 무슨 일 있어? 힘들어 보여."
"두드러기 때문에 어제 고생했어."

두드러기 때문이라기엔 살짝 부어오른 눈과 기름진 머리, 그리고 평소와 다르게 무척이나 불안해 보이는 모습이 어색했다. 여자 친구랑 헤어졌거나 썸녀랑 잘되지 않았다는 느낌이 왔다. 미현은 상관없었다. 그냥 해랑과 마주하고 다시 이야기를 나누는 이 순간이 좋았다.

"너는 남자 친구 생기면 제일 먼저 뭐 하고 싶어?"

해랑은 물통에 물을 컵으로 따르면서 물었다.

"나는 사진 진짜 잘 찍어서 카톡 프로필로 삼고, SNS에도 올려두고 싶어."
"왜?"
"손님분들이 작업 치려고 가볍게 연락 보내는 게 너무 싫어. 이 급 아니면 나한테 찝쩍대지 말라고?"

미현은 진담 반 농담 반으로 웃으면서 대답했다.

"얼씨구? 해방촌 미녀 사장님이세요?"

해랑이 미소 크게 지으면서 놀렸다.

"그럼 오빠는?"
"나는 그냥 남들 하는 데이트?"
'대체 이런 질문은 왜 하는 걸까? 나 좀 기대해도 될까?'

미현은 설레는 마음이 들킬까 봐 표정을 더 굳혔다. 해랑은 미현 앞에 떨어진 물 자국을 닦아주었다. 해랑의 작은 친절에도 마음이 툭 터졌다. 다정하게 챙겨주는 말에도 기대감이 상승했다. 하지만 해랑의 눈빛은 그 이상은 없을 거라는 사실을 확인시켜 주었다.

'원래 좋아하면 나를 빤히 보고 사랑하는 눈빛으로 쳐다봐야 하는 거 아닌가?'
"오빠, 맥주 한 잔 더 할까?"
"오늘은 두드러기 때문에 너무 피곤하네. 막잔으로 하고 가자."
'오빠는 그냥 정말 여자 문제나 다른 문제로 마음이 힘들어서 어디 집중할 곳이 필요했나 보다.'

미현은 집으로 돌아가는 길에 해랑과 나눴던 이야기를 떠올려보았다. 대부분은 축구 이야기였다. 만나지 않은 동안 잘 지냈는지, 콘서트는 티켓이 분명 두 장이었는데 누구랑 갔었는지조차 관심을 보이지 않았다.

'오늘 만나자고 한 이유는 뭘까?'

오늘 역시 함께하는 밤은 없었다. 아무 일이 없이 그냥 같이 대화하며 지새는 밤도 없었다.

'적극적으로 다가와 줘. 내가 사귀기엔 매력이 부족한가? 내 문제인가? 왜지? 뭐 때문이지? 외모가 별로인 걸까? 성격이 별로인 걸까?'

예전 같았으면 이런 생각이 들 것이다. 그러나 지금은 달랐다. 보고 싶었는데 몇 개월 만에 얼굴이라도 봐서 좋았다. 오늘 재밌었다는 카톡 메시지 이후로 답은 없었다. 집으로 가지 않고 이촌 한강공원으로 향했다. 해랑의 섬유탈취제 향을 기억하며 한강을 보고 걸었다. 미현은 확신했다. 해랑은 아마 앞으로 연락이 없을 거라고. 그래도 괜찮았다.

아빠랑 친해져 보려고 축구를 보다가 지금까지 취미로 축구를 보게 되었다. 보다 보니 좋아하는 팀이 생겼다. 같은 해외 리그를 좋아하는 해랑 오빠라 쉽게 친해질 수 있었다. 같은 해외 리그지만 응원하는 팀은 달라서 좀 더 재밌었다. 해랑 오빠와 비슷한 시기에 태어나 현재는 서울에 살고 있어서 가능했다. 그 외 등등 무수히 많은 우연 덕분에 오빠를 만났다. 인연이 길면 좋았을 텐데 아쉽게도 짧은 인연이었고 스쳐 지나가는 인연이었다. 잠깐의 인연이라도 감사했다.

'이젠 내가 좋아서 죽겠다는 남자를 만나고 싶다.'

28

꼬박 두 달을 준비한 에이치 건축회사의 30주년 행사 당일이 되었다. 클라이언트와 충돌한 만큼 실내 구조물과 홍보물은 더할 나위 없이 완벽했다. 특히 준비 기간 내내 고생한 외부 현수막은 늦봄에 여름을 알리는 푸른 하늘과 햇빛에 빛나는 한강과 멋들어지게 어우러져 세빛섬에 걸렸다. 시간이 어떻게 흘렀는지 감이 오지 않았다. 클라이언트가 작업물에 대해 비판하거나 비교할 때는 자신을 무시하는 말이 아니라 작업물에 대해 말하는 것이고, 자신과 작업물은 다르다고 생각하는 훈련을 많이 했다. 거기에 집중하다 보니 지호를 사무치게 그리워했던 마음이 누그러들었음을 느꼈다. 걷기에 좋은 날씨여서 잠수교를 걸으며 세빛섬을 바라봤다. 태양이 한강과 현수막에 빛 가루를 뿌리고, 바람이 불자 현수막에도 윤슬이 일렁이는 것 같았다.

'이걸 보면 지호는 뭐라고 했을까?'

은솔이 그렸던 미래는 늘 지호와 함께였다. 평범한 일상에 그냥 당연히 존재했다. 하지만 지호가 없다. 지호 생각이 옅어질 법하면 다시 또렷해져서 은솔은 또 우울해졌다. 자신의 과오로 헤어졌으니 재회는 어렵다는 걸 알아도 우울하긴 마찬가지였다.

다음 날, 은솔은 오랜만에 정시 퇴근의 여유를 느끼고 있었다. 하지만 뻐근한 목과 어깨의 통증이 그 여유를 깼다. 손으로 목과 어깨를 주물러 봤지만, 손까지 뻐근해질 뿐이었다. 통증을 방치했다간 두통까지 올 것처럼 머리통이 아렸다. 이왕 일찍 마친 거 한의원에 가기 위해 한의원 영업시간을 검색했다. 다행히도 충분히 갈 수 있는 시간이었다. 지호와 사귈 때 마사지를 받고 싶었지만, 돈이 없어서 대신 들렀던 한의원이었다. 의외로 마사지를 받은 거보다 훨씬 몸이 시원하게 풀렸었다. 그 뒤로 둘은 노부부처럼 한의원을 데이트도 할 겸 자주 들렀다. 목덜미를 주무르며 버스 창밖을 보고 있자 남산서울타워가 보이기 시작했다. 타워에는 파란색 불이 켜져 있었다. 은솔은 치료용 돌침대에 누워 한의사 선생님을 기다렸다. 쑥뜸 냄새를 맡으며 따뜻한 돌침대에 누워있으니 금세 노곤해졌다. 한의사 선생님이 진료실로 들어왔다.

"오랜만이에요. 요즘은 숨을 좀 보세요?"

한의사는 은솔을 기억하고 있었다. 은솔은 대답하지 않고 민망한 듯 미소를 지었다. 한의사 선생님은 괜찮다는 듯 고개를 끄덕이고 은솔의 손목에 두 손가락을 올렸다. 뒷목에 침을 놔야 한다고 엎드리라는 말에 몸을 돌렸다. 은솔의 발목에 쑥뜸을 두곤 은솔의 손등에 침 한 방을 먼저 놓았다. 따끔거렸다. 곧이어 목덜미에 침을 맞는 순간 은솔은 온몸에서 전기가 돋아난 것 같았다. 한의사 선생님은 그런 은솔을 모르는 건지 조곤조곤 이야기를 시작했다.

"은솔 씨, 몸이 작아서 타고난 에너지도 적어요."
"그럼, 몸이 큰 사람은 타고난 에너지가 많아요?"
"그럼요. 특히 뼈가 굵은 사람은 에너지가 많죠."
"서러운데요….."

뼈가 얇으니 몸무게가 얼마 나가 보이지 않아서 좋아했

다. 그런데 이런 치명적인 단점을 가지고 있다는 사실에 서러워져서 한의사 선생님에게 투덜거렸다.

"타고난 건데요, 바꿀 수 없는 건 받아들여야죠. 바꿀 수 없는 걸 바꾸려고 하면 고통만 따를 뿐이죠."

"그럼, 전 어떻게 해요?"

"지금 에너지로도 충분히 살 수 있어요. 애쓰지 말고 편안하게 해봐요."

"일하면서 어떻게 그게 될까요?"

은솔은 애쓰지 않으면 현대사회를 살아갈 수 없을 것 같았다.

"은솔 씨, 평소에 입을 다물고 있죠?"

한의사는 은솔의 질문엔 대답하지 않고 다른 질문을 은솔에게 했다.

"보통 그렇죠? 벌리고 있으면 바보 같잖아요."

"이건 믿거나 말거나 하는 이야긴데요, 그게 일제강점기 때부터 시작된 습관이래요. 원래 애쓰지 않고 자연스러운 건 힘들 때에 입이 벌어지는 거예요. 그런데 일본이 침략했을 때 당시 대부분 농사를 지었겠죠? 농사지으면 힘들겠죠? 그래서 사람들이 자연스럽게 다 입 벌리고 있었어요. 교과서에 실린 옛날 우리 농사짓던 선조들의 사진을 자세히 보세요. 하지만 일본군이 멍청해 보인다며 입에 파리 들어간다고 입 다물라고 한 게 지금까지 내려왔대요. 애써 입을 다무는 것만으로도 에너지가 엄청나게 많이 쓰이는데 말이에요."

"갑자기 입 다무는 게 신경 쓰여요."

"차라리 좀 의식하고 자연스럽게 입 벌리고 살아요. 입 다문다고 애쓰지 말고요. 뭐든 편안하게 했을 때 에너지가 적게 들고 능률도 오히려 더 좋을 거예요."

"진짜요?"

은솔은 잘 와 닿지 않아서 이해되지 않았다.

"네, 그렇게 안 해봐서 모르는 거죠. 우리는 어릴 때부터 '열심히'를 배워서 몸에 힘이 들어가 에너지가 많이 나가거든요. 그러면 뇌에 산소 공급도 잘 안되고요. 애쓰지 않았을 때는 뇌에 산소 공급이 잘되어 능률이 더 오를 거예요. 그렇게 해봐요."

그러곤 은솔의 양어깨를 두 손으로 꾹꾹 눌렀다.

"은솔 씨, 어깨가 무척 애썼다고 알려주네요. 이렇게 결린 거 봐요. 그리고 아무리 애써도 안 되는 일은 포기할 줄도 알아야 하고요."

"그러고 싶네요."

은솔은 지호와 다시 만나고 싶어 했던 마음이 튀어나왔다.

"입을 꽉 다물고 있는지 아닌지로, 애쓰는지 아닌지를 의식해 보면 조금 쉬울 거예요. 밖에서 그러기가 눈치 보이면 집에서라도 자연스럽게 있어 봐요."

은솔은 자연스럽게 있으려고 하다가 곯아떨어졌다. 간호사 선생님이 다 끝났으니 나가도 된다며 은솔을 깨웠다. 오랜 시간 푹 잔 것처럼 몸이 가벼워서 시간을 확인했다. 30분 정도가 지나 있었다. 지금까지 자지 못했던 잠을 압축해서 30분 동안 잔 듯했다. 한의원 밖으로 나오니 세상이 처음 시작된 것처럼 상쾌했다. 누가 앞을 지나가건 말건 기지개를 크게 켰다. 뇌까지 맑아진 느낌이었다.

집으로 가는 내내 은솔은 입을 앙다물고 있는 것이 신경 쓰였다. 살펴보니 하루 종일 입을 꽉 다물고 있었다. 심지어 잠들기 전까지도 입을 꽉 다물고 있다는 걸 느꼈다. 이런 상태라면 자면서도 이러고 있을 것 같다고 예상했다. 평소에 의식하지 않던 걸 의식하니 꽉 다문 턱이 불편해진 느낌도 들었다. 입에 힘이 들어간다고 자각할 때마다 자연스럽게 있으려고 힘을 풀었다. 막상 힘을 풀고 보니, 정신을 바짝 차리고 있지 않으면 지호 생각이 비집고 들어올 것 같았는데 의외로 그렇지 않았다. 멍하게 있어도 나름 괜찮았다.

지호와 헤어지고 자책과 원망을 많이 했다. 하지만 그냥, 사랑을 했었고 끝이 났다는 이야기밖에 되지 않았다. 무슨 일인지 혼자 있어도 우울하지 않게 저녁을 먹었다. 기분이 나름 괜찮아 침대에 눕지 않고 책상에서 수채화 북을 펴고 고체 팔레트를 열었다. 잠이 올 때까지 그림을 그릴 작정이었다. 지호와 처음 거닐었던 해방촌 야경을 그려보려고 했다. 이젠 어렴풋이 어떻게 사랑했었는지가 기억났다. 시간이 지나 괜찮아진 건가 싶다가 갑자기 또다시 지호가 보고 싶어 부적이 든 지갑을 꽉 쥐었다.

'애쓰는 건가? 지호는 좋은 남자니까 똑똑한 여자들이 한눈에 알아볼 것이다.'

그런 여우 같은 여자들이 채가서 자신이 없는 시간을 보내고 있을 생각을 하니 짜증이 났다. 은솔은 입을 꽉 다물고 있다는 걸 느꼈다. 아랫니와 윗니가 아플 정도였다.

'어떻게 애를 안 써?' 은솔은 생각이 복잡해져서 그림이 그려지지 않았다. 그리던 그림을 끝내려고 카페 야경으로 향했다. 쿠키 판매 테이블 옆에 못 보던 테이블이 들어와 있었다. 테이블 위에는 일러스트가 그려진 다양한 크기의 패브릭 파우치와 엽서가 놓여 있었다.

"언니, 이거 못 보던 거네?"

"아, 우리 카페에 자주 오는 일러스트 작가님이 있거든. 알아?"

"몰라?"

"아무튼 그분 작품이 이번에 너무 좋더라고. 온라인으로 판매한다고 하길래 우리 카페에서 오프라인으로 판매하면 어떠냐고 하니 선뜻 좋다고 하더라."

일러스트마다 표현하는 건 다 달랐지만 하나같이 따스한 느낌이 났다.

'이걸 그린 사람은 마음이 따듯해서 이런 작품이 나온 건가?'

카페 야경과 잘 어울리는 작품이라고 생각했다. 은솔은 손바닥 크기의 패브릭 파우치를 집어 들었다. 은솔이 집어 든 파우치의 일러스트는 평온한 낮의 느낌이 나는 일러스트였다. 거기다가 은솔이 편안해하는 노란색 색감으로 이뤄져 있었다. 휴양지 같기도 하고, 시골 같기도 했다. 일러스트엔 나오지 않은 반대편의 배경과 그 배경 속에는 어떤 사람들이 있을지가 절로 상상이 되었다. 아담한 흙집 맞은편에 초록색 바나나 나무가 줄지어 서 있고, 쏟아지는 노란빛 햇살 사이로 어린아이들이 해맑게 뛰어다니고 있을 것만 같아 보였다. 은솔은 파우치에 그려진 일러스트에 매료되었다. 이 파우치만 있다면 어디에서든 마음이 평온해질 수 있을 것 같았다.

은솔은 다른 일러스트 그림이 그려진 파우치도 살펴보다가 처음 집었던 작은 파우치를 샀다. 집에 들어온 은솔은 손도 씻기 전에 쓰던 카드 지갑에서 카드와 신분증만 꺼냈다. 사 온 패브릭 파우치에 넣었다. 부적이 든 카드 지갑은 서랍 깊숙한 곳에 넣어 뒀다.

29

  미현은 한숨을 깊이 내쉬었다. 숨을 크게 내쉬어도 미현
의 마음속에 있는 갑갑한 공기는 그대로인 것 같았다. 은솔
과 먹으려고 치킨을 배달시켰다. 먹기도 전에 가슴을 살짝
치고 있었더니 은솔이 동네 한의원을 추천해 주었다. 할머
니도 아니고 무슨 한의원이냐고 웃었다. 그래 놓고 미현은
카페 휴무 날에 한의원으로 향했다. 간호사의 안내에 따라
진료대에 누워있으니 한의사 선생님이 들어왔다. 몸은 피곤
한데 잠은 쉽게 들지 않는다며 제대로 된 휴식을 취하고 싶
다고 이야기했다.

  한의사 선생님은 미현의 손목에 두 손가락을 얹고 눈을
감았다. 발목쯤에 침 한 방을 놓고 손등에 쑥뜸을 올렸다.
온몸에 있는 차가운 기운이 다 발끝으로 빠져나가는 느낌

이 들었다.

"미현 씨, 저는 우리 선조들이 굉장히 지혜롭다고 생각해요."

슬슬 졸음이 오려고 하는데 갑자기 한의사 선생님이 미현에게 말을 걸었다. 미현은 대답 없이 끄덕였다.

"우리 선조들은 일하다가 힘들면 '숨 좀 돌리고 하자'는 표현을 많이 했다고 하거든요. 그런데 언젠가부터 '쉬었다 하자'는 표현으로 바뀌게 되었어요. 미현 씨는 이 두 가지 차이점이 뭐일 거 같아요?"
"같은 거 아니에요?"

미현은 졸음이 쏟아져서 한의사 선생님이 무슨 소리를 하는지 도통 감이 잡히지 않았다.

"아니에요. '숨을 돌리다'는 가빠지면 숨부터 돌려야 한다는 거예요. 몸의 상태에 초점이 맞춰진 의미로 몸의 상태에 깨어 있어야 하죠. 미현 씨는 늘 숨을 잘 돌리고 있다고 생각하죠?"

"숨 못 쉬면 죽잖아요."

"하하. 잘못된 집중을 하거나 부정적인 생각을 할 땐 숨을 잠시 멈추고 있거나 몸에 힘이 들 땐 자신도 모르게 숨이 가빠져 있을 거예요. 그래서 숨의 상태를 잘 살펴야 해요."

미현은 졸음이 달아나는 듯했다.

"음. 그럼 '쉬다'는요?"

"'쉬다'는 일에 초점이 맞춰져 있다고 보면 돼요. '쉬다가 마무리하자', '다 끝내고 쉬어야지' 뭐 이런 식이죠."

"아, 다른 거였어요?"

"그럼요! 숨을 돌려서 안정된 상태로 만들어 놓지 못하고 그냥 쉬면, 미현 씨처럼 그렇게 잠에 쉽게 못 들죠. 몸의 상태에 깨어 있지 않고는, 몸이 안정되는 데 시간이 오래 걸리니까요."

미현은 한의사 말을 되뇌었다. 공허함 없이 오로지 내 숨에만 의지해 고요히 있고 싶어졌다.

미현은 틈틈이 숨을 돌렸다. 특히 공허해질 때는 숨을 돌리고 있는지 확인했다. 어느 순간부터 더는 굳이 애써서 연

애하지 않아도 될 거라고 생각했다. 엄마도 아빠와 함께 재
활을 잘하고 있고 해랑에 대한 마음이 없어져 평안한 마음
이 이어졌다.

"오늘 준비할 게 있어서 못 갈듯. 내일 갈게."

준수의 카톡 메시지가 왔다. 메시지 내용을 보자 미현의
머리도 울렸다.

'나는 분명 너를 기다리고 있지 않았다. 오늘 네가 일을
마치면 당연히 나를 보러 올 거라고 여겼다. 너의 메시지
가 휴대폰 화면에 뜨자마자 맥이 탁 풀렸다. 나는 정말 너를
기다리고 있지 않았다. 그럼 나는 무엇을 기다리고 있었을
까?'

미현은 창고에 원두를 가지러 가려고 몸을 일으켜 창고의
형광등을 켰다. 불이 들어오지 않았다.

'아, 맞다. 네가 오면 형광등을 갈아달라고 하려 했는
데…'

혼자서 형광등을 갈려고 하니 가슴이 갑갑해졌다. 순간 세상에 홀로 있는 듯한 외로움이 밀려들어서 공허해졌다.

'괜찮아진 게 아니구나. 나는 외로움을 채워줄 수 있는 무언가를 기다리고 있었구나. 그게 연인이 아니더라도 남자면 다 되는 거였구나. 준수를 친구로서 옆에 뒀던 게 아니구나.'

미현은 준수를 어떻게 해야 할지 몰라 전전긍긍하고 있었다. 연애도 하지 않는데 준수마저 없다면 공허해서 죽을 것만 같았다. 호랑이도 제 말 하면 온다고 이런 자신의 마음을 은솔이와 이야기하고 있는데 준수가 카페로 들이닥쳤다.

"짠, 준수 청춘의 마지막 도전!"

준수는 비행기 티켓과 영어로 된 서류를 미현의 눈앞에 들이밀었다. 준수는 갑작스럽게 호주 워킹 홀리데이를 신청했다고 했다. 나이 제한이 있어서 올해가 신청할 수 있는 마지막 해라 무조건 가야 해서 그간 몰래 준비했다고 했다.

"갑자기?"

미현은 어안이 벙벙했다. 준수와의 관계를 어떻게 할지 모르는 상태였는데 자기 발로 한국을 떠나주는 것이다.

"준수 오빠, 역시 바람 같은 사람…."

은솔은 자신이 하지 못하는 걸 선뜻 하는 준수의 모습에 무척 놀라워했다.

"가기 전에 송별회 해야지?"

준수와 은솔과 미현은 해방촌 이자카야에서 거하게 송별회를 했다. 준수가 호주 워킹홀리데이를 가기 위해 막바지로 준비하는 기간은 현실 같지 않았다. 준수를 공항에 데려다줄 때까지도 실감이 나지 않았다. 준수가 한국을 떠난 지 일주일이 지나갔다. 드디어 실감이 났다. 공허해져 준수가 기다려졌다. 미현은 스스로 뭘 해야 하는지 모른 채 일주일을 보냈다.

'보고 싶다. 그리고 보니 준수한테서 나던 향은 뭐였지? 늘 내 옆에 있는 게 당연해서 준수의 향도 몰랐는데 생각보다 준수의 존재가 컸었나 보다.'

대학교 시절에도 방학 내내 해외에 다녀온 적이 있었고 입대도 했었는데 그때는 괜찮았는데 지금은 왜 괜찮지 않은지를 생각했다. 그때는 남자 친구가 끊임없이 있었고 지금은 없었다. 준수도 없고 남자 친구도 없으니 마음이 공허했다. 공허하니 앞으로도 계속 공허할까 봐 걱정되고 두려웠다. 이런 자신이 불만스러웠다. 자신의 숨을 계속 확인했다. 틈만 나면 숨을 편히 쉬고 있지 않았다. 그리고 원래부터 문제는 존재하지 않았다. 문제라고 생각하는 것에 대한 걱정과 두려움과 불만만 있을 뿐이다. 걱정, 두려움, 불만을 놓으면 문제가 더는 문제가 되지 않는다.

'지금 이 순간 숨 쉬는 나만 존재할 뿐이다. 혼자여도 괜찮고 네가 지금 한국에 없어도 괜찮다.'

준수를 기다리는 시간이 애타진 않았다. 호주로 간 준수는 행복한지 미현에게 카톡 메시지 하나 보내지 않았다. 미현도 굳이 준수에게 연락하지 않았다. 공허함은 누구나 다 가지고 있다는 것을 이젠 알기 때문이다. 자신 안의 공허함을 인정하니 빈 시간이 그렇게 좋을 수가 없었다. 공허함을 견디지 못해 끊임없이 연애를 해왔다. 공허함을 느끼면 나쁜 감정이라고 생각해서 그랬다. 공허함을 그대로 받아들이니 그 빈 시간 동안 사랑이나 설렘을 꾸역꾸역 채워 넣지 않아도 괜찮았다. 혼자 있는 동안 자신을 좀 더 생각하다 보니 자기다워졌다. 쿠키 신메뉴도 개발할 수 있었다. 자기 안에서 맛이 나오고 모양이 나왔다. 미현은 애써 영감을 받으려 하지 않아도 빈 시간 동안 자기 안을 들여다보면 쿠키 레시피가 떠올랐다. 쿠키를 만들 때 아무 생각 없이 푹 빠지는 순간이 있다. 그 순간이 정말 좋다. 물론 뜻대로 쿠키 맛이 나오지 않아 뇌가 돌 같고 심장이 뛰지 않는 것처럼 느낄 때도 있다. 그 과정만 넘어가면 마음에 쏙 드는 쿠키가 나와 스스로 뿌듯해질 때가 온다. 그 과정을 넘는 게 고역이었지만 미현은 준수를 기다리며 자주 넘겨왔다. 더는 남자친구가 없어도 사랑을 주고받지 않아도 빈 시간이 좋았다.

30

은솔은 에어컨 아래서 새 광고 프로젝트를 진행하고 있었다. 지금까지 프로젝트가 마음 편안하게 진행된 적은 한 손에 꼽을 정도다. 이번 프로젝트가 그 한 손 안에 들어갈 일은 없어 보였다. 은솔은 마케팅 팀장의 호출을 받았다. 좋지 않은 예감에 떨어지지 않는 발걸음을 옮겼다. 회의실 문을 열자마자 팀장의 큰 목소리가 머리를 울렸다.

"아니, 장 사원! 언제쯤 김주희 대리를 따라갈 겁니까? 우리 팀에서 원하는 걸 어떻게 한 번에 이해하지 못해요?"

"죄송합니다. 마케팅팀과 다시 소통해서 수정하겠습니다."

"김 대리한테 물어보면서 해요!"

'그냥 다시 해보면 되지. 그리고 김주희 대리한테 물어볼 수도 있는 거고. 재능이 좀 없으면 어때. 남들보다 한 번 더 하면 되지.'

은솔은 감정이 요동했지만 바로 잠잠해졌다. 자신도 놀랐다. 180도 확 바뀌진 않아도 예전보단 나아져서 무척이나 신기했다.

직장 동료들과 점심을 먹고 사무실로 돌아왔다. 컴퓨터가 작동하는 냄새만 나는 사무실에 웬일인지 프리지어 꽃향기가 가득 퍼져 있었다. 향기의 근원지는 은솔의 자리였다. 로맨틱하게 프리지어 꽃다발이 퀵서비스로 도착해 있었다. 은솔은 잘못 온 게 아닐까 생각하며 당황해했다. 프리지어 꽃다발 사이에 카드가 꽂혀 있었다. 은솔은 조심스레 카드를 뽑아 열어보았다.

"장은솔 사원님, 장 사원님 덕분에 30주년 행사를 잘 치를 수 있었습니다. 진심을 담아 디자인해 주신 점에 감동했습니다. 감사한 마음을 향기로 담아 보냅니다. - 에이치 건축 회사 홍보팀-"

은솔은 울컥했다. 눈시울이 붉어졌다. 눈물방울이 떨어지지 않게 조심히 사무실 창고로 가서 빈 화병을 꺼내왔다. 화병을 헹구고 미지근한 물을 받았다. 프리지어 꽃다발의 포장을 풀어 화병에 꽂았다. 종일 껴안고 있고 싶을 정도로 프리지어 향이 은솔을 설레게 했다.

지호와 헤어지고 후회하느라 계절이 어떻게 지나가는 줄도 몰랐다. 그래도 이젠 지호와 재회하고 싶은 마음이 어느 정도 정리되었다. 은솔의 SNS에 다이렉트 메시지가 왔다는 알림이 떴다. 광고 메시지이겠거니 생각하고 메시지 함으로 들어갔다.

"안녕하세요, 작가님. 북스출판사 편집자 최효정입니다. SNS에 올리신 한강의 윤슬 일러스트를 보고 연락드립니다. 저희가 이번에 베스트셀러 작가님의 에세이를 출간하려고 하는데 화풍이 에세이 내용과 잘 어울릴 것 같아서 연락을 남깁니다. 메시지를 확인하시면 아래 전화번호로 문자나 전화를 부탁드립니다."

은솔은 다른 사람이 자신의 작업에 관심을 보인다는 사실을 믿을 수 없었다. 매번 다른 사람의 일러스트와 자신의 일러스트를 비교하며 일러스트 그리기를 등한시하게 되었다. 그런데 이렇게 다이렉트 메시지를 받아보니 각자만의 예술이 있고, 취향이 맞는 사람이 있다는 걸 알게 되었다.

몇 주간 밤을 새우며 일러스트를 그렸다. 그렇게 은솔의 일러스트가 담긴 책은 무사히 잘 출간되었다. 책 앞에 "일러스트 장은솔"이라고 적혀 있었다. 은솔은 주말에 책을 가지고 본가로 내려갔다. 경옥은 은솔이 말도 없이 내려와서 깜짝 놀랐다. 은솔의 이름으로 나온 책을 보고는 더욱 놀라워했다. 그리고 은솔보다 더 기뻐했다.

"엄마, 나 이제 자신감이 생긴 것 같아. 이제 내가 그린 일러스트를 모아서 엽서 북을 내볼래."

"오! 장은솔. 뭐든 응원한다!"

"요즘 독립출판으로 내서 독립서점에서 팔 수 있더라고. 안 팔리면 내가 지인들한테 엽서 다 쓰지 뭐."

"한 권은 엄마가 가장 먼저 사줄게."

잘될지 잘 안될지는 모르지만, 은솔은 경옥에게 하고 싶은 것을 스스럼없이 말할 수 있고, 남과 비교하지 않고 자신이 하고 싶은 게 생겼다는 것만으로도 마음이 편했다. 오늘따라 더욱 주말 아침의 햇살 같은 엄마 냄새가 진하게 느껴졌다.

카페에선 미현이 더 신나 하며 은솔의 책을 카페에서 홍보할 방법을 찾고 있었다. 은솔은 고마운 마음에서 꼭 보답하고 싶었다. 일러스트를 그려 카페 야경의 컵 홀더로 만들어줄 작정이었다. 마침 카페 창고에 컵 홀더가 얼마 남지 않은 걸 보았기 때문이다.

은솔은 밑그림을 그릴 때 창의력이 자유롭게 흐르도록 두었다. 다른 사람이 어떻게 생각할지는 걱정하지 않고 자신의 감정이 자신을 인도하도록 내버려 두었다. 며칠 뒤 마음에 쏙 든 일러스트를 완성했다. 화풍은 비슷하지만, 전체적인 느낌은 은솔이 이전에 해본 것과 달랐다. 스스로 위험을 감수한 것에 자부심을 느꼈다. 제목을 "낮에도 빛나는 카페 야경"이라고 지어보았다. 은솔은 회사 거래처에서 이 디자인으로 종이로 된 컵 홀더를 한 박스 가성비 좋게 만들어 미현에게 선물했다. 미현은 갑작스러운 선물에 고맙다며 은솔에게 캐모마일 차를 서비스로 주었다.

"은솔아, 이 그림 꼭 낮에도 빛나는 카페 야경 같아."
"역시 언니네. 나한테 정말 고맙지?"

은솔은 해맑게 웃으면서 구석에 자리 잡았다. 다음엔 어떤 그림을 SNS에 올릴지 고민하며 영감을 받기 위해 책을 읽고 있었다.

딸랑딸랑, 카페 문이 열리는 소리가 들리자마자 프리지어 향이 풍겼다. 생화 향은 아니었다.

'한여름에 프리지어라니?' 은솔은 누군지 보려고 고개를 내밀었다.

여름처럼 밝고 빛나고 예쁜 은솔에게

사람을 상대하는 게 어설픈 내가 사랑하는 사람이 생겼어.

내 어설픈 사랑이 들킬까 봐 누나의 마음을 헤아려주려고 노력했어. 누나의 마음을 자세히 알아야 덜 어설프게 행동할 수 있으니까. 밤이면 잠을 자지 못하는 누나도, 화난 누나도, 슬픈 누나도, 불안해하는 누나도 헤아려주고 싶었어.

밤마다 잠을 설치는 누나를 위해 스마트폰을 손에 쥐고 잤어. 혹시나 깊은 잠에 빠져서 누나의 전화를 받지 못할까 봐. 까마득한 밤 누나가 혼자라는 느낌에 외로워할까 봐. 매일 밤 내가 지켜주고 싶었어.

화난 누나는 왜 화가 났을까?

어린 시절의 어떤 아이가 울고 있길래 크게 화를 내는 걸까? 우는 아이를 달래주어야 누나가 지금 화나지 않을 테니까 그 아이를 안아주고 싶었어. 슬픈 누나를 보면 그 슬픔을 내가 다 가져가려고 했어. 가져갈 수 없는 슬픔이 새어 나와 누나의 눈물이 될 땐 마음이 아팠어. 누나가 행복한 시간이 더 많기를 바랐어. 그래서 잘 위로해 주고 싶었어.

불안한 누나를 보면 내가 희망이 되고 싶었어.
내가 밝게 빛나면 누나가 불안해하지 않을 것 같았거든.
나 자신을 마주하고 인정해서 중심이 선 사람이 되려고 최선을 다했어. 내가 중심이 서면 누나가 나한테 기댈 수 있을 테니까.
누나 마음을 헤아리는 게 습관이 되어, 나를 사랑하지 않는 누나도 헤아리려고 했어. 그러다 보니 알게 되었어. 내가 떠나야만 누나가 행복할 수 있겠더라. 여름은 닮은 누나가 나로 인해 추워지면서 누나만의 빛을 잃어가는 걸 느꼈어. 누나가 나 때문에 행복하지 않은 걸 보기가 힘들어서 떠날 준비를 해.

3년 동안 고마웠어.
평생 감사한 사람으로 기억될 거야.

지호는 마음을 정리하려고 썼던 편지를 다시 읽어보았다. 그녀에게 줄 편지는 아니었지만 가져가기로 했다. 울지 않고 헤어지는 연습을 했다. 어떻게 말해야 할지, 그녀가 앞에 있다고 상상하고 이야기해 보았다. 연습만 했을 뿐인데 눈물이 주체할 수 없이 흘렀다. 자신의 눈물을 보고 그녀가 마음 아파할까 봐 그녀 앞에서는 절대 울지 않기 위해 미리 울어두었다.

사람과 거리를 적당히 두며 지내는 자신의 바로 앞에 그녀가 있었다. 그리고 그녀는 막을 새도 없이 자신의 마음속으로 순식간에 들어왔다. 설레는 당돌함을 가지고 온 여름처럼 빛나는 그녀는 착한 아이가 되지 않아도 자신의 옆에 있어 줬다. 자신이 사랑하는 마음보다 더 큰 마음으로 존중해 주었다.

그녀와 데이트를 마치고 헤어질 때 항상 그녀가 타는 1호선 전철을 기다려주었다. 집까지 데려다주겠다고 했지만, 은솔은 늘 극구 사양했다. 9호선 끝에 사는 자신이 집까지 가는 동안 마음이 아프다는 게 그녀의 이유였다. 그런 마음 씀씀이가 예쁘고 고마웠다. 그녀가 1호선을 타면 지호는 밖에서 손을 흔들어주었다. 사람들이 빼곡하게 서 있어도 우스꽝스러운 표정을 지어 그녀를 웃게 하기도 하고 지하철을 따라 달리는 시늉도 했다. 그녀를 사랑할 때만큼은 다른 사람의 시선을 신경 쓰지 않을 수 있었다. 사람에 대한 두려움은 점점 더 옅어져 갔다.

그녀는 알까? 그녀를 만나며 그녀를 헤아려주는 동안 트라우마가 치유되었고 그녀의 밝은 사랑이 그걸 도와줬다는 걸. 그녀의 마음을 헤아려주면서 자신의 마음도 같이 헤아렸다. 이야기를 잘 들어주는 은솔과 어릴 적 좋지 않았던 기억을 마주하고 털어 보냈다.

여름이 그렇듯 늘 햇빛으로 빛나지만은 않는다. 태풍이 몰아치고 장마가 들이닥칠 때가 있었다. 여름의 빛을 받으니 그 태풍과 비바람은 감수할 수 있었다. 하지만 가을이 오는 건 감당할 수 없었다. 그녀와의 사랑도, 이별도 최선을 다했기에 후회는 없었다. 만나는 동안 자신을 행복하게 해준 그녀가 그저 행복하길 바랄 뿐이었다.

끝까지 읽어주셔서 감사합니다. 저의 긴 이야기보다 '아
는 사람의 후기'로 대신하겠습니다.

아는 사람의 후기

어떤 사랑은 끊임없이 돌아보게 한다. 롯의 아내는 소금
기둥이 되는 것을 알고도 뒤를 돌아보았고, 나는 지난여름
에 모기 물린 곳을 끊임없이 긁어서 다 덧나버렸다. 결과를
알지만 할 수밖에 없는 일이 있다면, 지나간 사랑에 대한 회
상도 그럴 것이다. 그때 다르게 행동했다면 결과가 달랐을
까?

그리 오래 지나지 않은 과거에, 브런치에 짧지 않은 글을
남겼다. 당시엔 남길 수밖에 없었던 것 같다. 그 글은 이렇
게 시작한다.

"나를 완전히 잃어버리는 사랑을 해본 적이 있는가? 나도 모르게 상대가 내게 너무 큰 존재가 되어버려서 나를 압도해 버리는 경험. 그(또는 그녀)라는 원 안에 푹 파묻혀 그의 생각과 행동, 좋아하는 것까지 이미 다 내 것인 양 여기고 사는 것이 가장 큰 기쁨이었던 그런 사랑."

세상에서 가장 견디기 힘든 일 중 하나는, 나의 흑역사를 다시 읽는 것이다. 이번엔 싸이월드가 아니라 브런치였다. (대체 왜 이런 곳에 이런 글을 남겨야 직성이 풀리는 거지?) 다행히 싸이월드는 폐쇄되었다. 브런치도 폐쇄되기를 기도했다. 그러면서도 글을 내리지 않은 이유는 보편성 때문이다. 내 이름을 적지 않으면 나인 줄 모를 만한 보편적인 사건이니까. 나에게만 있는 유별난 일인 줄 알았지만, 또 어쩌면 남들도 겪어봤을지 모르는 그런 이야기다. 유일성과 보편성이 공존하는 주제가 하나 있다면, 바로 '나의 연애'일 것이다.

《아는 사람의 연애》를 읽으면서 끊임없이 들었던 생각은 '대체 내 얘기가 왜 여기에 있는 거지?'였다. 사랑하고 싶지만 상처는 받기 싫었고, 자존심은 있어서 이것까지는 못 하겠고, 그래도 이건 아닌 것 같아서 상대에게 닿지 않는 온갖 고행을 다 해내는 모습을 직면할 수도 있다. 끊임없이 되돌아보며 성격 탓, 외모 탓, 친구 탓을 하다 끝내 나라 탓, 부모

탓, 조상 탓까지 해버리는 못난 나를 확인했다. 남들은 모르는 나만 아는 그 사람의 매력은 아마 내가 어딘가에서 느꼈던 기분, 받았던 상처, 그리고 상대의 눈짓만 보고도 반응했던 내 마음 때문이었을 것이다. 내가 그 사람을 좋아하는 이유는, 남은 결코 알 수 없고 나조차도 그 근원을 모르는 어릴 적 사건 때문일 수도 있다. 내가 그 사람과 헤어지고 싶은 이유도 마찬가지다. 결국 나다. 내가 원인이다. 사랑을 빠지게 한 것도 이별을 결심한 것도 결국은 내가 나란 사람이기 때문이다. 그렇기에 은솔과 미현은 결국 각자 본인에게서 답을 찾아갈 수밖에 없다. 엄마도 나의 엄마이지만 엄마본인이 먼저이고, 아빠도 그렇다. 엄마라는 존재를 나의 엄마가 아니라 그분 자체로 이해할 때, 온전히 이해할 수 있게 되고 그로써 나도 나를 이해하게 된다.

《아는 사람의 연애》가 마음의 이야기처럼 읽힌 것은 바로 이러한 구성 때문이라고 생각한다. 마음이 가는 길은 정방향도 있지만 역방향도 있고, 속도도 제각각이다. 독특하지만 누구나 그러기에 보편적이다. 나는 권위자도, 글을 쓰는 작가도 아닌 일반 회사원이다. 그런 내게 추천사를 부탁한 것은 《아는 사람의 연애》가 보통의 이야기이기 때문일 것이다. 나도 겪어본 이야기, 나도 가지고 있는 이야기니까 말이다. 어떤 사랑은 뒤돌아보게 한다. 어떻게 안 할 수 있는 게 아니다. 하지만 뒤를 돌아보았더라도 어느새 고개는 나도 모르게 다시 앞을 향하게 된다. 되돌리게 하는 부적은 꺼내어 버리는 것이다. 그러면 어느새 옛날 싸이월드에 남긴 글도 웃으며 읽을 수 있는 날이 오고, 나는 또 자랑스럽게 새로운 흑역사를 멋지게 만들어갈 것이다.

은솔와 미현, 그리고 내가 아는 모든 사람의 뒷이야기를 응원한다.

_ 김한솔